KB096155

나는 당신이 아픈 게 싫습니다

나는 당신이 아픈 게 싫습니다

지민석 에세이 ○ 오하이오 그림

STUDIO:ODR

프롤로그

아프지 말라는 말,
소중한 사람들에게 늘 건네는 인사말.
난 당신이, 또 우리가 아프지 않았으면 합니다.

나는 당신이 아픈 게 싫습니다.

chapter 2　오늘도 당신 사진을 지우지 못했습니다

chapter 3   무수히 많은 안녕

chapter 4   믿어야지, 흘러가는 이 시간들을

chapter 1

당신의 내일을 나로 채워가고 싶다

안 식

난 당신 품에서 잠을 청할 때
가장 편안한 숙면을 취하곤 한다.

사랑할 때 지켜야 할
7가지 약속

1. 표현에 인색하지 말자

사랑한다는 말, 서운하다는 말은 바로바로 하기. 감정을 쌓아두지 않아야 마음이 건강해지고, 마음이 건강해야 사랑도 건강해집니다.

2. 제때제때 연락하자

온종일 휴대전화만 붙들고 있으라는 말이 아니라 상황에 따라 필요한 연락은 꼭 해야 한다는 뜻입니다. 제때 소식을 전해야 상대방이 걱정하지 않습니다.

3. 서로를 늘 존중하자

내 연인은 나와 다른 사람입니다. 성격은 물론 자라온 환경, 가치관 등 모든 게 다릅니다. 상대방이 나에게 맞추기를 기대하지 말고 그 사람 그대로를 인정하며 받아들이고 존중해야 합니다.

4. 착한 거짓말은 없다

어떤 이유에서든 거짓말은 하지 않는 게 좋습니다. 불신이 한번 쌓이기 시작하면 관계를 되돌리기 어렵습니다.

5. 입장을 바꿔서 생각해보기

답답하다고 무조건 짜증 내지 말고 상대방 입장에서 문제를 다시 짚어보는 연습이 필요합니다. 상대방을 존중하는 건 기본 중의 기본입니다.

6. 말꼬리 잡지 않기

대화를 하다 보면 의견이 충돌할 때가 많습니다. 이때 잘못한 건 인정하고 사과할 건 사과해야 합니다. 반대로 상대방이 먼저 미안함을 표현했다면 더 이상 트집 잡지 말고 사과를 받아줘야 합니다.

7. 자존심을 버리자

자존심이 왜 필요합니까, 사랑하는 사이에.

●

나 란 히
걷 고   싶 다

한 사람과 사랑하는 것을 걸음에 비유하면,
너무 급하지도, 너무 느리지도 않게
나란히 걷는 걸음이라 할 수 있습니다.

고개를 돌려 옆을 보면 당신이 있고,
손을 잡고 싶을 때 옆에 있는 당신 손을 잡고,
걷다가 손에 땀이 차면 잡은 손을 살포시 놓고,
그러다 손을 또 잡고 싶으면 옆에 있는 손을 다시 잡고,
어깨에 기대고 싶을 땐 당신 어깨에 머리를 기댈 수 있게,
그렇게 언제나 나란히 걸으며 사랑하고 싶습니다.

요즘 사랑에는 산책하듯 걷는 여유가 없습니다.
연애를 시작할 때, 즉 걷는 시작점만 같을 뿐

고즈넉한 날에
당신 손을 잡고
나란히 걷고 싶습니다.
그렇게 사랑하고 싶습니다.

함께 걷는 내내 속도와 방향을 맞추지 않고 상대방에게 빨리 와라, 천천히 가라고만 하지요.

그런 사랑은 못, 아니 안 하겠습니다.

고즈넉한 날에 당신 손을 잡고 나란히 걷고 싶습니다.

그렇게 사랑합시다.

당 신

　가장 사랑하는 이를 부르는 이인칭 대명사, 당신. 난 당신이
란 말을 좋아한다. 그리고 그 당신이 당신이라 더 좋다. 당신의
첫인상은 예뻤다. 태어나서 처음으로 누군가를 보고 "와! 예쁘
다"라는 감탄사가 흘러나올 정도였다. 어처구니없고 낯 뜨거운
순간이었지만 그렇게 솔직하게 감정을 드러낸 건 처음이자 마
지막이었으니 당신의 첫인상이 얼마나 인상적이었는지. 그런
당신은 예쁘기만 한 것에서 그치지 않고 나를 더 반하게 했다.
마음씨가 천사 같아 잔소리 한 번, 불평 한 번 늘어놓는 법이 없
었다. 군 복무 시절, 남들은 거꾸로 신는다는 고무신을 끝까지
신고 있던 사람이었고, 일과 관련한 미팅이든 사교적인 모임이
든 어떤 자리라 해도 마음 편히 다녀오라 하는 사람이었다. 그런
시간을 거쳐 지금 당신은 내게 없어서 안 될 존재, 나를 잡아주
는 버팀목이 되었다. 아무리 멋진 말을 늘어놓고 멋진 글을 써내

려가도 당신에 대한 칭찬으로는 여전히 부족하기만 하다. 당신을 얼마나 보고 싶으냐는 물음엔 단연코 같은 말만 되풀이할 것이다.

하루 이틀 말고 며칠 푹, 보고 싶다.

늘 주고 싶은
마음

과일을 좋아하지 않는다. 사람들 대부분이 좋아하는 딸기도 잘 먹지 않는다. 이런 나와 달리 당신은 과일을 좋아한다. 좋아하는 과일 순위를 정해보라 하면, 세상에서 가장 어려운 질문을 받은 듯 당황한 기색을 보인다. 그러면서 굳이 꼽자면 딸기, 복숭아, 망고라 한다. 딸기, 복숭아, 망고라…….

연인에게 줄 수 있는 최고의 마음은, 좋아하지 않는 것도 기꺼이 함께하는 것. 싫어하는 것도 함께라면 좋아하게 되는 것.

만약 당신이 내게 과일이 먹고 싶다고 말한다면 나는 마트에서 가장 싱그럽고 탐스러운 과일을 사와 깨끗하게 썻고 보기 좋게 깎아 예쁜 접시에 담아 건넬 것이다. 비타민 보충에 과일이

이렇듯 사랑은
늘 주고 싶은 마음투성이다.

좋다고 날마다 챙겨 먹으라고 잔소리한다면 일주일치 과일을 사다놓고 날마다 당신 생각을 하며 먹을 것이다. 자다 깬 당신이 갑자기 딸기가 먹고 싶다고 한다면 겨울밤이라 해도 딸기를 구해다줄 것이다. 세상의 모든 과일을 구해다줄 것이다.

이렇듯 사랑은 늘 주고 싶은 마음투성이다.

5 월 에
샌 들 을   신 는 다 면

언젠가 당신에게 물어봤어.

때는 5월이었고 봄기운이 완연했지.

따뜻했지만 여름옷을 입기엔 이른 날 있잖아.

그래, 그런 날이었어.

당신과 차를 마시고 집으로 향하는 발길을 재촉하던 중

문득 궁금해져 당신에게 물었지.

내가 지금 샌들을 신는다면 어떻게 생각할 거야?

맨발에 샌들 말이야.

그렇게 물으니 당신이 대답했어.

그럼 나도 같이 샌들을 신을게.

맨발에 샌들 말이야.

나는 당신에게 한 번 더 물었어.

같이 신겠다고? 왜? 창피하지 않겠어?

그러자 당신이 내 눈을 마주 바라보며 말했어.
뭐 어때, 남들에겐 우스꽝스럽게 보일지 몰라도
네가 그렇게 하고 싶다면 나도 그렇게 할 거야.
나는 당신의 말을 듣고 깨달았어.
아, 이건 필시 사랑이구나.

●

난 너의
덧 니 마 저 도

부모님이 주신 몸뚱이에서 치아가 가장 마음에 든다. 내 치아는 교정이라도 한 것처럼 가지런하다. 자라오면서 사람들에게 치아가 가지런해 보기 좋다는 칭찬을 종종 들었다. 그래서였을까. 언제부턴가 타인을 볼 때 치아를 유심히 살피곤 한다. 물론 상대의 치아가 가지런하지 않다 해서 거부감을 갖거나 하지는 않는다.

그리고 너를 만났다. 처음엔 어색해서 눈도 잘 마주치지 못했지만 그 어색한 공기가 무뎌질 즘, 너의 눈과 코 그리고 입과 치아를 바로 볼 수 있었다. 너는 치아가 가지런한 편은 아니었다. 덧니가 있었는데 나는 그 덧니에 자꾸만 시선이 갔다. 덧니 때문에 음식을 씹을 때 불편하지는 않은지 궁금했지만 차마 묻지 못했다. 네가 미소를 지을 때면 덧니가 드러났다. 그게 너무 예뻐서

네가 자주 미소 짓기를, 그래서 덧니가 보이기를 기다렸다. 사람
의 덧니라는 것이 그렇게 매력적인지 너를 만나고 나서야 알았
다. 작고 귀여운 입술 틈으로 살짝씩 보이는 외톨이 치아.

치아 하나만 놓고 보아도 나와 다른 사람.
난 너의 덧니마저도 사랑한다.

한 결 같 은
사 랑 을   위 하 여

　우리는 누군가와 사랑을 시작할 때 있는 힘껏 사랑한다. 아
니, 다시 말해 누군가의 마음을 얻기 위해 있는 힘껏 마음을 표
현한다. 내가 당신을 얼마나 생각하는지를 있는 힘껏 알려준다.
아침에 잠을 잘 잤는지, 밥은 무얼 먹었는지, 어떤 재미난 일이
있었는지, 혹은 속상한 일이 있었는지, 밤에 잘 때 뒤척이진 않았
는지, 좋은 꿈을 꾸었는지 시시콜콜하게 안부를 묻는 방식으로.
이 안부의 목적은 하나다. 오로지 당신의 마음을 갖기 위한 집념.
그 간절한 심정을 고백하고 난 뒤에는 둘 중 하나로 귀결된다.
실패했느냐, 성공했느냐. 성공하면 세상을 다 가진 기분으로 사
랑이 시작된다. 서로 손끝만 스쳐도 저릿한 처음의 마음으로. 하
지만 인간이란 멍청하고 어리석어서 처음 그 마음을 한결같이
유지하지 못한다. 눈에 당신을 담고 귀로 당신의 목소리를 듣고
코로 당신의 냄새를 맡고 머리로 당신을 생각하는 일이 시간이

지날수록 익숙해져서 감정 또한 무덤덤해진다. 간절히 원하던 선물을 받았을 때 활짝 웃으며 좋아했던 어릴 적 기억 하나쯤은 누구나 갖고 살아갈 테다. 그런데 지금은 어떠한가. 선물은 잃어버렸거나 다 썼거나 버렸거나 고장 났을 것이고 그와 동시에 그때 그 행복한 순간조차 까맣게 잊고 지내겠지. 평범한 사랑도 그렇다. 갖고 나면 잃어버리거나 잊어버렸거나 버렸거나 고장 났거나 다 썼다고 생각한다. 선물로 받은 물건이 간혹 아쉽다고 느낄 때 같은 걸 다시 사면 되는데 그렇다 하더라도 선물을 받았을 때의 그 기쁜 마음은 똑같이 느낄 수 없다. 사랑도 마찬가지다. 누군가가 대체할 수도 없고, 그럴 수 있는 시간도 없다. 추억이라는 핑계로, 놓친 인연과의 기억을 곱씹으면서 그리움 속을 헤매지 말고 지금 곁에 있는 사람과 오늘을 행복하게 만들어나가는 것이 한결같은 사랑을 위한 최선의 방법이다. 멍청하고 어리석은 인간은 소중한 무언가를 잃고 나면 후회한다, 항상.

사 랑 하 세 요

　　사랑 앞에서 불필요한 기준은 너무 많습니다. 어떤 경로로 처음 만났는지, 얼마나 오랫동안 함께했는지, 추억의 깊이가 얼마나 깊은지, 상대가 좋아하는 것과 싫어하는 것을 자신 있게 말할 수 있는지……. 이러한 것들은 절대로 사랑의 기준이 될 수 없습니다. 쓸데없는 잣대일 뿐입니다.

　　사계절이 넘도록 만난 사람과 함께했던 시절로 돌아갈 기회가 주어져도 마다하는 사랑이 있는가 하면, 일주일을 만났더라도 내 모든 세계가 멈춰버릴 만큼 강렬한 사랑 또한 있습니다.

　　중요한 건 지금의 마음입니다. 당신을 얼마나 사랑하고 있는지, 다가올 사랑의 크기를 확신할 수 있는지, 어느새 당신이 내 삶의 일부가 되어가고 있는 것 같다며 당신과 아침을 맞이하고 싶다는 말이 절로 나올 수 있는지. 중요한 건 마음의 이끌림입니다.

　기준을 정하지 마세요. 두려워하지 마세요. 지난 시절의 사랑과 비교하지 마세요. 당장 내 앞에 놓인 사랑을 놓치지 마세요. 사랑, 늘 어렵죠. 비물질적인 형태라, 진정한 사랑인지 그간 겪어온 것과 다를 바 없는 상처인지 모를 수 있어요. 모를 수밖에 없어요. 그러니 마음을 내키는 대로 이끌리게 두세요. 호감이 가면 호감이 가는 대로, 보고 싶으면 보고 싶은 대로 말이죠. 벚꽃이 뭐가 중요한가요. 벚꽃이 진 자리에 잎사귀가 돋아 푸르러진 나무를 함께 봐도 괜찮잖아요. 그런 마음으로 오늘은 다시 한 번 사랑을 믿어볼까 하는 날이었으면 좋겠습니다. 사랑하세요. 사랑하세요.

한 강 에 서

아, 밤공기 좋다. 당신이랑 같이 오고 싶어. 다소 쌀쌀하니까 담요나 롱패딩을 챙겨서 말이야. 한강에서만 먹을 수 있는, 기계로 끓이는 라면을 하나 사서 나눠 먹고, 소주와 맥주도 한 병씩 사서 잔을 채우고 또 비우면서 어제와 오늘에 대해 이야기를 나누고 싶어. 해 질 녘 노을을 보면 혹시 마음이 몽글해질까. 그럴 때 당신의 마음도 말랑해질까. 그러다 깊은 이야기를 하게 된다면, 혹여나 당신이 속마음을 전하다 울어버리면 어쩌지. 쓸모를 다하지 못하더라도 가방에 손수건 하나 미리 챙겨놔야겠다. 얘기를 나누고 나면 당신 손을 잡고 터덜터덜 느린 걸음으로 한강을 거닐고 싶어. 그렇게 천천히 너무 조급하지 않게 당신의 지난 날을 내가 서서히 지우고 싶다. 지난 기억을 서서히 덮어주고 싶다. 당신의 내일을 나로 채워가고 싶다. 당신만 괜찮다면 그럴까, 우리.

당신의 내일을 나로 채워가고 싶다.
당신만 괜찮다면 그럴까, 우리.

이 밤 이   지 나 면

오늘만큼은 쓴 술이 싫어서요. 알코올을 넘길 때 살짝 찡그리는 당신의 표정이 궁금하지만요. 가볍게 하이볼이나 와인 한 잔은 어떤가요? 노래도 빼놓을 수 없죠. 잔잔한 클래식보다는 흥을 돋우는 '트루 로맨스'가 좋을 듯해요. 괜찮은가요? 당신의 입맛을 잘 몰라서 오늘 술이랑 가장 잘 어울리는 음식을 준비했어요. 카나페랑 사각 치즈인데 함께 먹으면 꽤 맛있거든요. 오늘은 좀 느끼하게 마시고 다음엔 얼큰한 김치찌개에 소주 한잔해요. 무드등만 세 개 있어서 좀 웃기죠? 집을 꾸미고 싶긴 한데, 사실 잘 꾸밀 줄 모르거든요. 그냥 전구색 조명을 은은하게 켜놓으면 나름 분위기 있다고 여기는 단순한 사람입니다. 그래도 이 아늑한 빛이 창 너머 보이는 서울 도심 야경과 잘 어울려요, 정말로요! 아, 긴장한 탓에 주절주절 말을 늘어놓았습니다. 오늘은 정말 스스로가 낯선 하루예요. 평소엔 라면 국물이 묻어 있고 찬밥만 올라가는 아일랜드 식탁을 오늘만 몇 번을 닦았는지 모르겠어요. 그리고 어디서 본대로 급하게 다육 식물들도 사와서 장식했습니다. 음, 마지막으로 신발 정리도 완벽히 했습니다. 아, 맞다! 방향제! 방향제를 곳곳에 뿌려놓는 것도 잊지 않았어요. 이제 더 이상 준비할 것은 마음밖에 없어요. 몇 시간이든, 몇 십 분이든, 단 몇 분이든 서로 진심만을 허락한다는 마음이요. 무슨 이야기가 오고 갈까 기대도 되고 걱정도 됩니다. 나는 어디까지 당신에게 말을 해야 하며, 당신은 어디까지 내게 마음을 허락할지 전혀 예상할 수 없기 때문입니다. 눈을 마주치고 대화하고 싶어요. 아무에게도 방해받지 않고 오로지 둘만의 시간 속에서 당신에게 집중하고 싶거든요. 당신의 눈과 입술을 번갈아 바라보면서 시답잖은 일상의 이야기를 나누는 동안 나와 당신의 닮은 점을 찾고 싶어요. 그렇게 희희낙락하게 행복한 시간을 선물하고 싶어요. 이 시간만큼은 평소의 걱정과 고민을 지워버린 채 오로지 이 분위기에 흠뻑 취할 수 있게끔 말이죠. 그리고 당신은 망설일지 모르지만 사랑 이야기도 듣고 싶습니다. 어떤 사랑을 하면서 웃었고 어떤 사랑을 떠나보내면서 울었는지, 연애가 끝나고 난 후 얼마나 마음고생을 했는지 듣고 싶습니다. 요즘도 마음 한구석이 아픈지, 아직도 가끔씩 가슴에 구멍이 난 것처럼 속상한지도 물어보고 싶습니다. 아마 우리의 이런 이야기가 막바지에 다다를 즘엔 당신의 눈에는 슬픔이 가득 차 있을지 몰라요. 그리고 그 슬픔이 눈가에서 떨어질지도 모르죠. 어떤 이야기가 귓가에 흘러 들어와도 당황하지 않겠습니다. 애정 어린 시선으로 당신의 아픔에 공감하고 마음을 나누겠습니다. 어쩌면 이 시간에 당신이 내게 말을 꺼내지 않았더라면, 당신은 그렇게 그 아픔을 언제나 가슴 한편에 남겨두었겠죠. 그리고 문득 지난날을 회상할 때 다른 누군가를 떠올리며 아파할 텐데, 저는 그게 싫습니다. 당신이 아파하는 게 싫습니다.

이 밤이 지나면 우리 사이는 둘 중 하나겠죠. 당신도 모르는 당신의 잠버릇을 내가 지켜줄 수 있는지, 없는지.

이제 당신이 도착할 시간이 다 된 것 같아요.

겁 쟁 이

　누군가를 마음속에 들여놓을 때면 사랑한다는 말이 목구멍 밖으로 잘 나오지 않습니다. 평소에 마음을 표현하는 일이 서투르지 않은데도 당신 앞에서만은 그 말을 연신 삼키기만 한 탓에 입이 자꾸만 닫혀버립니다. 사랑이 뭘까요. 남녀가 서로 아끼고 베풀며 애틋이 그리워하는 일이라는 사전적 정의가 있지만 글쎄요, 이런 설명은 사랑을 표현하기에 턱없이 부족한 것 같아요. 그럼 도대체 사랑이 뭘까요. 맛있는 음식을 먹을 때면 그 사람이 떠오르는 것이 사랑일까요. 그래서 그 음식을 새로 주문해 포장해서 서둘러 당신을 만나러 가는 것이 사랑일까요. 겨우 하루 만나지 못했을 뿐인데 멀리서 당신이 보이면 뛰어가서 꽉 껴안아주는 것이 사랑일까요. 당신이 속상한 일을 털어놓으며 눈시울을 붉힐 때 이내 어깨를 내어주는 것이 사랑일까요. 같이 아파하고 울어주는 것이 사랑일까요.

사랑 참 어렵습니다. 누군가를 사랑하는 과정은 더더욱 그렇고요. 당신이 너무 좋고 보고 싶고 하늘에서 종일 당신이 내리기에, 못내 좋아한다는 마음을 어렵사리 전하는 거겠죠. 사랑이란 감정은 어쩌면 상대를 떠나보낼 수 있을 때 비로소 완전해지는 것 같습니다. 정말로 사랑한다면 그 사람을 놓아주어야 할 때 놓아주어야 하지 않을까요. 내가 잠시 당신의 처마가 되어 당신이 그 밑에서 쏟아지는 비를 피했다면 그것만으로도 다행이라 여겨야 하는 것이 사랑이겠지요. 비가 그친 마른하늘 아래에서 우산을 계속 펼친 채 당신 손을 잡을 수는 없으니까요. 잠시 비를 피해 내게 다가왔을지언정, 아무렴 괜찮습니다. 그리고 당신과 함께한 기억을 천천히 추억하는 것이 사랑이겠지요. 그런 아련하고 깊은 마음이 사랑이겠지요. 내게 있어 사랑은 그렇습니다.

좋아하는 마음이, 보고 싶은 마음이 터질 것 같을 때, 그때 심호흡을 크게 한 번 합니다. 사랑하는 사람이 내 곁을 떠날 때 내 세상이 얼마나 무너질지, 또 나는 얼마나 많은 눈물을 흘리며 아파할지, 당신이 누웠던 그 자리에 얼마간 남아 있는 온기를 얼마나 그리워할지, 또 그 온기가 사라진 내일은 얼마나 추울지 생각합니다.

사랑, 참 그렇습니다.

나의 하루는
온통

있잖아, 나는 당신의 일거수일투족이 전부 궁금해. 밤새 잠은 잘 잤는지, 뒤척이며 악몽을 꾸진 않았는지, 오늘 밥은 무얼 먹는지 하루 종일 당신의 연락이 기다려지고 그래. 아, 이건 진짜 궁금한 건데 내가 당신을 생각하는 만큼 당신도 내 생각을 하는지도 궁금해. 오늘도 가슴 터질 듯이 사랑하고 싶은 마음뿐이야. 나의 오늘 하루 모든 관심은 온통 당신뿐이라고 말하고 싶어.

여 행 길

　　여행을 가고 싶습니다. 당신이랑 함께 말이에요. 열차에 올라 우리가 평소에 들어보지 못한 이름의 장소로 떠나요. 당신이나 나나 눈에 익은 길이 아닌, 아주 낯선 곳으로 말이죠. 그런 곳에 간다면 우린 서로 맞잡은 손에만 의지한 채 모든 시간을 함께 보낼 거예요. 당신과 나는 걸음걸이뿐만 아니라 그림자까지 닮아가겠죠. 혹시 걷는 것을 좋아한다면 해가 질 무렵엔 밖으로 나가 노을 지는 고즈넉한 산책로를 따라 천천히 걷기로 해요. 그날 우리는 과연 어떤 이야기를 나눌까요. "난 당신이 너무 좋아!" 이런 말도 서슴없이 건넬 수 있을까요. 서로의 시간을 공유한다는 말은 같은 마음으로 세상을 바라본다는 뜻일지도 모릅니다. 같은 마음을 품고 지난날에 대해 이야기하기보단 앞으로 함께 할 나날에 대해 이야기 나누면 어떨까요. 내가 숟가락을 놓는다면 당신은 젓가락을 놓아주고, 당신이 컵을 준비하면 내가 물을 따라주겠다는 그런 얘깃거리들이요. 그러다가 하늘이 어둑해질 무렵에 맛있는 음식과 술에 듬뿍 취하기로 합시다. 그리고 사랑합시다. 오늘이란 시간이 지나도 아쉬움이 남지 않도록, 내일보다 더 행복하게 말이에요. 그렇게 여행 끝자락에 다다르면 처음에 아주 낯설었던 그곳은 이제 더 이상 낯선 여행지가 아닐 겁니다. 둘만의 추억만이 깊게 남아 있는, 다시 찾고 싶은 그런 곳이 되겠지요. 그렇게 그 여행길의 매듭을 짓고 우리 또다시 다른 낯선 곳으로 떠나요.

당신과 여행을 가고 싶습니다.
그리고 그곳에서 당신을 여행하고 싶습니다.

당신과 여행을 가고 싶습니다.
그리고 그곳에서 당신을 여행하고 싶습니다.

사 랑 이 시 작 되 는 순 간

안녕, 요새 날이 많이 춥지. 독감이 유행이라고 하던데 꼭 따뜻하게 입고 다녀. 이렇게 당신에게 오랜, 그리고 지난 안부를 물어. 나, 실은 최근 들어 어떤 사람을 두 번 정도 만났거든. 그 전인 지난겨울에 60초가량 얼굴을 마주했고 다섯 마디 정도 대화를 주고받기도 했어. 그래도 이 정도면 거의 초면인 셈이지? 아무튼 그때 그 만남을 끝으로 시간이 흘러 계절은 다시 겨울이 되었고, 또 새로운 추위에 몸을 움츠리며 그 사람을 다시 만났어. 최근에 〈너의 결혼식〉이라는 로맨틱 코미디 영화가 인상 깊었는데 여운이 상당해서 극장에서 두 번이나 봤어. 너도 시간 되면 꼭 봐. 이 영화에 '3초'라는 에피소드가 나오는데, 남녀가 처음 눈이 딱 마주친 순간부터 3초의 시간이 흐르는 동안 사랑에 빠진다는 내용이야. 영화를 두 번이나 보면서도 난 '저게 무슨 말도 안 되는 억지야. 3초만에 사랑에 빠지는 사람이라면 너무 가볍다고 봐야 하지 않아?"라며 픽 웃으면서 넘겨버렸지. 난 누군가를 만나면 상대에게 서서히 스며드는 사랑만 있다고 확신했거든. '첫눈에 반했다'라는 표현은 드라마나 영화에서 등장인물 간에 쓰이는 장치일 뿐이라고 믿는 사람이었어. 근데 웃긴 게 내가 여행을 떠나기 얼마 전에 그런 허무맹랑한 사람이 되었다는 거야. 지난겨울에도 서점에서 그 사람을 만났는데, 이번 겨울에도 다시 서점이라는, 내가 가장 좋아하는 장소에서 그 사람을 기다렸어. 나는 약속 시간보다 30분 일찍 도착했기에, 책 읽고 있을 테니 천천히, 조심히 오라는 메시지를 보내고 손에 든 책을 넘기고 있었어. 시간 가는 줄 모르고 책을 읽다가 휴대전화 진동에 "아차!" 하면서 주머니에서 전화기를 꺼내들었어. 그 사람이 서점에 도착했다고 전화를 건 게 틀림없었지. 손에 휴대전화를 쥔 채로 주변을 두리번거렸는데 바로 옆에 그 사람이 서 있는 거야. 정확히 3초는 아니겠지만 너무 놀란 상태로 몇 초간 눈이 마주쳤는데, 영화에서 말한 3초라는 타이밍이 이거다 싶었어. 놀란 나를 보며 함께 놀란 그 사람의 얼굴이 이상하리만치 좋더라고. 이후 길을 걸으면서 자연스레 대화를 나누는 걸 시작으로 밥, 커피, 영화로 이어지는 무난한 데이트를 했어. 신기하게도 그 사람과 함께할수록 호기심이 점점 커져가더라고. 이 사람은 어떤 사람일까? 더 알아가고 싶은 마음이 확실해졌을 때 또 얼굴 보자며 다음 만남을 약속했어. 그렇게 여행 떠나기 직전에 한

번 더 만났지. 그게 두 번째 만남이었어. 그리고 오늘은 그 사람에게 꽃이랑 편지를 건네주고 오는 길이야.

"우리 사귀자", "나 너 좋아해"라는 감정 표현을 상대방에게 전한 이후부터 사랑이 시작일까? 아마 아닐 거야. 자꾸만 보고 싶고 생각나고 지금 뭐 하고 있는지 궁금해하는 순간부터 사랑이 시작되는 게 아닐까? 그래서 이번 여행길 내내 그 사람의 안부가 궁금했나 봐. 그렇게 사랑이 시작되고 있었나 봐.

아 날 로 그

　　당신의 목소리를 듣는 게 좋습니다. 우리가 만날 수 없는 상황에 놓였을 때, 당신에게 연락하는 수단은 되도록 전화였으면 좋겠습니다. 건조한 문자가 아닌 온기와 숨결이 전해지는 목소리로 이야기를 나누고 싶습니다. 뭐랄까. 꾸밈이 없어서일까요. 통화를 하면 내 감정에 솔직할 수밖에 없잖아요. 기분이 좋으면 웃고, 슬프면 울고. 괜한 이모티콘 하나로 서로 오해하고 상처받을 필요도 없잖아요.

　　휴대전화가 원망스러울 때가 가끔 있습니다. 굳이 보지 않아도 될, 불필요한 것들을 너무 많이 보게 하고, 용건 없는 연락을 강요하는 듯하기도 하며, 그 안에서 남과 나를 비교해 박탈감을 느끼게도 하고요. 요즘은 모든 게 빠르게 흘러가는 시대인 것 같아요. 먹고사는 데 급급하고 다들 바쁘게 사는 삶이 최고라 생각하지요. 많은 것들이 순식간에 휙 하고 지나갑니다. 오늘 하루도, 내 젊음도, 그 사랑도, 한때 진심이었던 친구도. 아, 상처와 아픔도 빠르게 지나가면 좋을 텐데 애석하게도 그건 또 아니네요. 어떤 땐 지금을 살아가는 게 숨이 막힙니다.

그래서 아날로그 시대가 그립기도 합니다. 손편지를 써서 우체통에 넣고 난 후 집배원 아저씨를 반기며 답장을 기다리며 살아가고 싶습니다. 그러면 세상은 더 조용하고 안부는 더 귀하며 마음도 좀 더 깊어지지 않을까요. 그 시대에 사랑했더라면, 당신과 나, 우리 사랑은 흑백영화의 주인공일 것 같은데.

저는 오늘 당신에게 손편지를 써서 전해주고 싶습니다. 보고 싶다고, 사랑한다고 문자 메시지를 수백 번 입력할 때와 달리 한 통의 편지를 손으로 쓸 때는 보고 싶은 그 마음을 한 자, 한 자에 꾹꾹 눌러 담으면서 당신을 더 오래, 더 자세히 떠올릴 수 있으니까요. 아, 당신을 만나 당신 손을 잡고 거리를 거닐고 싶다는 고백을 이렇게 길게 써버렸네요. 이만 줄이겠습니다.

메 리 크 리 스 마 스

허기가 느껴진다. 꼭 그랬다. 당신 꿈을 꾸고 난 후 잠에서 깨면 항상 심한 허기에 시달렸다. 배 속 허기가 아니라 헛헛한 가슴에서 오는 허기. 마음이 텅 비어버린 것 같았다.

1월의 어느 새벽 허기를 느꼈던 날, 코끝이 시릴 것을 알면서도 외투를 걸치고 옥상으로 발걸음을 옮겼다. 한참이 지나 허한 마음을 시린 새벽 공기와 연기로 가득 채운 후에야 방으로 돌아왔다. 그날의 행동이 습관이 되었다.

습관의 정의는 이렇다. 어떤 행위를 오랫동안 되풀이하는 과정에서 저절로 익혀진 행동 방식. 그렇다면 새벽마다 되풀이되는 내 행동은 습관일까, 아닐까.

오늘 아침은 기분이 좋다. 허기도 느껴지지 않는다. 크리스마스이브이기 때문일까. 아니면 지금 사랑을 만나러 가는 길이라 그럴까. 아무쪼록 계속 좋아지길.

행복 가득하게 메리 크리스마스.

2019.12.24.

●

둘 이 서 함 께
꾸 는 꿈

    턱선까지 내려오는 단발머리, 오뚝한 콧대, 날카로운 콧날, 가느다란 목, 평소엔 동그랗다가 웃을 땐 반달 모양이 되는 속쌍꺼풀의 예쁜 눈, 작고 오밀조밀한 입술, 길게 뻗은 손가락을 가진 당신이 좋다. 대화를 하다가 말장난이라도 던지면 당신은 살짝 눈을 흘긴다. 그 표정이 어찌나 사랑스러운지 자꾸만 장난을 걸고 싶다. 당신은 마음이 순수하다 못해 투명하고 맑다. 그래서 그게 또 걱정이다. 가끔씩 전혀 예상치 못하게 눈물을 보이곤 하는데, 그렇게 감정을 숨기지 못해서야 이 험한 세상 어찌 살아갈지. 아니다, 이제 괜찮다. 앞으로 당신이 마주하는 세상은 혼자가 아니라 동행이라는 말을 덧붙이고 싶다. 그러니 같이 걷자, 우리.

    사랑이란 둘이서 함께 꾸는 꿈일까. 꿈이라면 눈을 떴을 때

눈가에 눈물이 맺혀 있는 슬픈 꿈도 있을 테고, 누군가에게 주절
주절 풀어놓고 싶을 만큼 행복한 꿈도 있을 테고, 두 번 다신 생
각하기 싫은 무시무시한 악몽도 있을 테지. 그래, 사랑은 늘 꿈
같아서 한 사랑이 끝이 나면, 그래서 긴 잠에서 깨어나면 다시
나 혼자만 서 있는 세상으로 돌아오기 마련이야. 아주 적막하고
고요한 독백. 싫어, 난 그런 거 싫어. 그렇게 적막하고 고요하고
고독하고 외로운 거. 이렇게 어렵게 만난 당신 곁에서 선잠으로
이내 뒤척이다 어느새 숙면을 취하고 싶다. 그러다 가끔 잠에서
깨어나면, 졸린 눈 한번 비비고 옆에 있는 당신을 꽉 끌어안고
다시 잠을 청할 거야. 그렇게 나는 당신과 함께 꿈속에서 나른
하게 살고 싶다.

질 투

당신은 스파이더맨을 좋아한다.
스파이더맨이 스크린에 나올 때마다 환호성을 지른다.
나도 스파이더맨을 좋아했는데
이제는 이 거미 영웅이 싫다.

사 랑 은 어 쩌 면,
아 직 못 해 본 걸 수 도

　　예전에 나는 어떤 한 사람을 천천히 알아가면서 사랑에 빠지다고 말하곤 했는데, 글쎄? 그땐 사랑을 이해하기엔 너무 어렸나 봐. 물론 지금도 다는 이해할 수 없지만 말이야. 당시보다 밥도 많이 먹고 잠도 많이 자고 좀 더 살아보니까 생각이 달라졌어. 어쩌면 모든 사랑은 갑작스레 찾아오는 게 아닐까. 왜 그럴 때 있잖아. 첫눈에 반한다거나 그 사람을 처음 본 날 한 번 더 만나고 싶다고 생각한다거나 그 사람의 애인이 되는 상상을 하며 밤잠을 뒤척일 때 말이야. 아주 조금 호감이 있을 때부터, 아마 그때부터 사랑이 시작된 게 아닐까. 그리고 혼자만 키워온 사랑이란 감정을 더 이상 숨길 수 없을 때, 그 사랑에 욕심이 생겨 자꾸만 밖으로 튀어나올 때 상대에게 마음을 표현하는 거겠지.

　　난 세상에서 사랑만큼 아름다운 감정은 없다고 생각해. 얼마나 멋져. 완전히 다른 두 사람이 같은 시선으로 세상을 바라보며 서로를 이해해주고 다독여주고 위로해주는 것. 언제나 내 편이라는 안정감과 남들에게 꺼낼 수 없는 은밀한 것들을 나누는 것. 둘만 아는 비밀들이 자꾸만 생겨나는 것. 그래서 사랑은 무엇과도 비교할 수 없을 만큼 가치 있는 것 같아.

그런데 말이야, 그 사랑이 한순간에 사라져버린다면 어떨까. 갑작스레 찾아오는 사랑만큼 이별 또한 순식간에 다가오더라고. 서서히 식어가면서 재가 쌓이는 사랑이라 할지라도 막상 이별 앞에선 갑작스럽다고 느끼기 마련이야. 그런 뻔한 결과라면 애초에 내 마음의 빈방을 내어주면서 정을 붙이지도 않았을 텐데, 그치?

평소와 다른 차가운 목소리로 나를 대하는 날이 많아지고, 나를 바라보는 시선에 따뜻함이 담겨 있지 않을 때, 그리고 나만 이 사랑이 끝날까 봐 겁에 질려 있을 때, 이것들이 더해져 두려움이 되는데 그 두려움조차 사랑이라고 여기며 비참한 관계를 꾸역꾸역 이어나갈 때, 그때 심정을 과연 말로 표현할 수 있을까. 사랑하며 행복하고 이별하며 아파하는 과정들이 어떻게 보면 참 미련하게 보일 수 있어. 우린 사랑에 덴 기억으로 다시는 사랑하지 않겠다는 다짐을 매번 하니까. 그런데 말이야, 인연은 아직 찾아오지 않았을지도 몰라. 60억 인구 중에 당신이 만난 몇 명의 쓰레기들 때문에 "사랑? 그딴 거 다신 안 해, 못 믿어. 칵,

돼." 이러면 사랑이 너무 억울할 것 같은데. 언젠가 연인이 말하더라. 사람과 사랑은 눈앞에서 죽어버리면 되살릴 수 없으니 살아 숨 쉴 때 최선을 다해야 한다고. 지금 곁에 사랑하는 이가 있다면 그 사람이 내게 주는 가치가 얼마나 큰지 한번쯤 생각해봐. 사랑 때문에 상처받은 이들이라면 한여름 넓은 들판에 하얀 눈이 덮이는 그런 사랑도 있다는 걸 알았으면 좋겠어. 그런 기적 같은 사랑에 대한 믿음을 버리지 않았으면 좋겠어.

보 고 싶 은 날

　　당신을 집까지 바래다주는 일, 당신의 고민을 나누는 일, 당신의 목소리를 듣는 일, 당신이 아프지 않은지 걱정하는 일, 당신의 행복을 바라는 일, 당신과 함께 미래를 그리는 일. 생각만 해도 입가에 미소를 짓게 하는 이런 것들이 좋다. 이런 꿈같은 것들로 내 마음을 가득 채울 수 있다면. 가끔 이것들이 내게 과분하고 큰 욕심이라 느껴질 때면 조용히 편지를 쓰고 꽃을 준비한다. 연인에게 꽃을 선물하는 건 언제부터 시작되었을까. 지금처럼 꽃집이 많지 않았던 과거엔 길가에 핀 꽃을 꺾어 사랑을 담아 전했을까. 내 눈에 아름다운 것들이 많이 들어온다. 그리고 그 아름다움을 당신에게도 보여주고 싶은 건, 그건 사랑이다. 오늘은 사랑하는 이를 생각하며 편지를 꾹꾹 눌러 쓰고 싶은 날. 걱정 많은 당신을 안아주고 싶은 날, 그런 날이다.

꽃

연인과 길을 걷던 중 꽃을 파는 곳을 지나치다 문득 생각했다. '아, 당신을 만나기 전에 꽃을 사려 했는데. 당신도 나처럼 꽃을 봤겠지.' 연인의 손을 잡고 왔던 길을 다시 돌아갔다. 그리고 꽃다발을 사서 품에 안겨주었다. 그 순간 어린아이처럼 환하게 웃는 사람. 잊고 있었다. 연인의 행복을 위해 끊임없이 고민하는 것, 그 중요한 걸 잊고 살았다. 요즘 들어 연인과의 만남이 익숙해졌고 설렘보다 편안함이 사랑의 증표라 생각하곤 했다. 그게 아닌데. 내가 당신으로부터 삶의 안정을 찾고 편안함으로 행복해진다면 나도 당신의 행복을 고민해야 하거늘. 아무튼 오늘은 날이 찼다. 추운 만큼 우리는 꼭 달라붙어서 길을 걸었다. 날씨야, 계속 추워라.

오 이 도 에 서

　　어디론가 도피할 곳이 필요한 날이었다. 이왕 떠나는 김에 비행기를 타고 아주 멀리 가고 싶었지만 상황이 여의치 않아 가까운 서해로 향했다. 맛있는 것을 먹고 시원한 바람을 실컷 쐬었다. 그간 우리 삶에 결핍되었던 모든 것을 완벽히 채우는 여행이었다. 꼭 필요했던 떠남이었다. 그곳에서 당신은 그간 살아오면서 많은 것을 못 해봤다고 혼잣말을 했다. 그 마음이 안타까워 앞으로 모든 새로운 것을 나와 같이 하자고 말했다. 사랑하는 사람이 자신이 갖고 있던 결핍을 하나둘 꺼낼 때면 가슴이 그렇게 아프다. 그래서 그 모든 결핍을 나로 인해 채웠으면 하고 간절히 바라게 된다.

　　사랑을 하는 이들에게 감히 말하고 싶다. 남녀가 서로를 마음에 담고 아끼고 배려하고 위해주는 것은 기적 같은 일이라고.

어느덧 완연한 봄이다. 벚꽃이 만개하는 날이 다가온다는 말이다. 당신의 손을 잡으며 분홍으로 뒤덮인 꽃비를 맞고 싶다. 당신이 더 이상 속상하지 않았으면 한다. 당신이 더 이상 불안해하지 않았으면 한다. 당신이 더는 슬픈 눈을 하지 않았으면 한다. 당신이 해보지 못한 많은 것들을 나와 함께 경험해봤으면 좋겠다. 오이도에서.

해 주 고 싶 은 말

꾸밈없이 모든 진심을 다해
당신을 사랑하고 있다고 말하고 싶었던 적이 있었다.

어떤 말을 해야 내 마음이 온전히 표현될까 고민하다 말을
건넨다.
너는 나의 자랑이자 내가 받은 가장 큰 선물이야.

급 하 면 안 된 다 고 했 지

비밀 하나 말해줄까. 사랑은 있잖아. 너무 급하면 안 돼. 아기를 대하는 것처럼 조심해야 하고 애정을 줄 때도 먼발치에서 줘야 해. 당신이 누군가가 마음에 들었다고 해서, 그 사람도 당신을 매력적으로 느끼리란 법은 없어. 그러니까 좋아한다고, 보고 싶다고, 벌써 사랑하기까지 한다고, 그 끓어넘치고 주체 안 되는 마음을 섣불리 표현하면 안 된다는 말이야. 아주 천천히, 천천히 다가가야 해. 비밀 하나 더 말해줄까. 좋아하는 마음은 클수록 숨기는 게 좋아. 나에게 호감이 전혀 없는 상대에게 열렬한 구애를 펼치는 일은 우스꽝스러운 광대 짓이나 마찬가지야. 자고로 사랑은 상대방이 궁금하고 걱정되고 이 사람이 무얼 하는지 자꾸 생각날 때부터 시작되는 거야. 그러니까 급하면 안 돼, 사랑은. 간혹 사람들은 자신이 만들어낸 일방적인 사랑이란 덫을 못 보고 제 발에 걸려 넘어져 다치기도 하더라고.

비 행 기   타 러   가 자

"비행기 탈 땐 신발은 꼭 벗고 타야 해."
"물이나 음료를 시킬 땐 현금으로 계산해."
비행기를 타보지 못한 사람들에게 건네는 유치한 장난.

　내게도 이런 장난을 칠 수 있는 사람이 곁에 있다. 그녀가 말했다. 자기 부모님은 서울에서 제주도까지 비행기를 타고 장거리 연애를 했다지만 정작 자기는 해외는 물론 제주도도 가보지 못했다고. 그 말을 듣고 나는 내심 기뻤다. 그녀가 처음 비행기를 타는 경험을 함께 할 수 있으니까.

　여유를 두고 여행을 계획했다. 리조트를 예약하고 자동차를 렌트하고 항공권도 예매한 후에 설렘은 가득 안고 떠났다. 공항 검색대를 통과할 때 주머니에 휴대전화를 넣어둬 지적받는 그녀가 마냥 귀엽기만 했다. 나는 전날 잠을 설친 탓에 기내에서 쪽잠을 청하려 했다. 잠들기 전 힐끔 그녀를 살폈다. 창밖을 바라보며 신이 난 그녀의 표정이 이내 굳어졌다. 이륙하고 기체가 심하게 흔들리는 상황이 무서운 모양이었다. 그녀는 하늘에 떠 있는 한 시간 내내 내 손을 잡고 덜덜 떨었다.

여행을 마치고 다시 서울로 돌아가는 날, 그녀는 한숨을 내쉬며 비행기 타기 싫다고 했다. 나는 함께 있으니 걱정 마라 했다. 손을 꼭 잡아주겠다고 했다.

그렇게 우리는 새로운 처음을 함께 했다.
또 손을 잡아줄 테니 어떤 걸 함께 할까.

그렇게 우리는 새로운 처음을 함께 했다.
또 손을 잡아줄 테니 어떤 걸 함께 할까.

애 틋 한 사 람

　그거 알아요? 당신이랑 전화할 때 말이에요. 당신은 목소리가 참 좋아요. 매번 그렇게 느낀답니다. 완전히 내 취향이랄까요. 저 멀리서 걸어오는 당신의 모습은 또 얼마나 예쁩니까. 약간 과장하면 눈이 부실 지경이랍니다. 처음 만났을 때 그 느낌 그대로를 여전히 마음에 간직하고 있습니다. 밥을 먹는 모습도 얼마나 사랑스럽습니까. 가끔 입가에 밥풀이 묻어도 괜찮습니다. 그 밥풀을 떼어주는 일이 좋습니다. 당신은 또 얼마나 끼가 많은지, 유독 내 앞에서만 개구쟁이입니다. 당신이 호박고구마 성대모사를 할 때마다 저는 진심으로 웃음을 터트립니다. 봐도 봐도 귀엽고 사랑스럽습니다. 좋은 건 당신이 전부 차지하고 있네요. 당신을 세상 밖에 내놓으면 불안해서 어디 두 발 뻗고 잘 수나 있을는지 모르겠습니다. 그런 사랑스러운 당신에게 나는 언제나 다정한 사람이 되고 싶습니다. 당신이 힘들 때 가장 먼저 생각나는 사람이었으면 좋겠습니다. 당신의 안식처가 되고 싶습니다.

마지막으로 당신은 참 애틋한 사람입니다. 그래서 나는 여전히 가슴이 설렙니다.

잠 버 릇

남들은 모르고 나만 아는 비밀. 당신의 잠버릇을 사랑한다. 당신은 잠이 들면 윗니랑 아랫니를 톡톡톡 부딪친다. 톡톡톡 소리는 당신이 깊게 잠들었다는 신호다. 내 어깨에 기대 자는 경우가 많아서 가끔 팔이 저리기도 하지만 톡톡톡 소리가 들리기 전까지 자세를 바꾸지 않는 게 나만의 철칙이다. 또 당신은 옆자리가 비어 허전하다고 느끼면 깨어나는 잠버릇도 있다. 이 잠버릇이 나는 유독 좋다. 내가 없는 잠자리에서 당신이 언제나 허전함을 느꼈으면 좋겠다. 선잠에서 깨 나를 애타게 찾았으면 좋겠다.

당신의 잠버릇을 사랑한다. 당신의 잠버릇에 내가 스며들어 있기에.

석 촌   호 수

벤치에 앉아 병맥주 한 병씩 들고 얘기했던 날.
나는 여전히 너를, 그때 그 마음처럼 사랑한다.
우리 5년 후에도, 10년 후에도, 20년 후에도
손깍지 끼고 호수 주변을 함께 산책하자.

지켜야 하는 것

누군가를 사랑하고 있다면 꼭 알아둬야 할 게 있어. 사실 연인이 영원히 내 곁에 있으리란 법은 없거든. 이 사람과 하는 사랑이 안정되고 편안하더라도 그를 함부로 대해서는 절대 안 된다는 말이야. 사랑하면서 내가 얻는 위안은 결국 상대방에게서 받는 것이야. 잊지 말아야 해. 늘 최선을 다해서 사랑하되, 이 사랑이 영원할 것이라 안도하지 말 것. 상대가 내 곁을 떠나면 말짱 도루묵이거든. 왜 연애를 하면서 다투고 서운해하고 미워하는데? 결국엔 상대방에게 바라는 게 많아져서, 나를 더 이해해 달라는 둥 연인 사이에 으레 생기는 여러 이유 때문이지. 그렇지만 연인이 없으면 그게 다 무슨 소용일까. 잊지 않았으면 해. 가끔 연인을 만나면서 토라지거나 밉거나 화가 나더라도 결국 이런 감정 또한 연인이 있기에 생긴다는 사실을. 그러니까 그 감정마저도 사랑하며 소중하게 생각해야 해.

사랑은 어떤 순간이 찾아와도
지켜내면 지켜낼수록 그 무게가
무거워지고 가치 있어지기 마련이야.

chapter 2

오늘도 당신 사진을 지우지 못했습니다

연 결 이 되 지 않 아
소 리 샘 으 로

끝없이 반복되는 통화 연결음,

타들어 가는 속.

과연 어떠한 말로 이 마음을 표현할 수 있을까.

우 리 는
그 렇 게 헤 어 졌 다

　　그녀와 집을 향해 가는 길. 버스 알림판에는 내가 타야 할 버스가 '곧 도착'으로 표시되었다. 그때 나는 목이 말랐다. 정류장에서 열 보 거리에 편의점이 보이기에 그녀에게 마실 것을 사다 달라고 부탁했다. 그녀가 알았다며 잰걸음으로 편의점에 들어가자마자 곧바로 내가 타야 할 버스가 왔다. 나는 나를 위해 편의점으로 들어간 그녀를 등진 채 버스에 올랐다. 급한 일이 있는 것도 아니었는데, 그 버스가 막차도 아니었는데, 설령 막차라 하더라도 보내고 나서 택시를 타도 됐는데 나는 나도 모르게 버스에 몸을 실었다. 우리의 사랑은 그러했다.

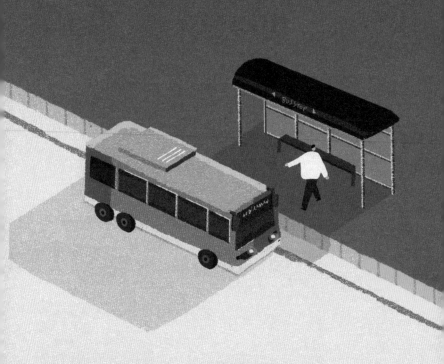

급한 일이 있는 것도 아니었는데,
그 버스가 막차도 아니었는데,
설령 막차라 하더라도
보내고 나서 택시를 타도 됐는데
나는 나도 모르게 버스에 몸을 실었다.
우리의 사랑은 그러했다.

애 상

    네가 꿈에 나와서 내 마음을 어지럽힌 날이면, 문득 그립긴 해. 이제는 네 목소리, 말투, 생김새 모든 것이 흐릿하지만 말이야. 가끔 나도 네 꿈에 찾아가 네 마음을 어지럽혔으면 좋겠어.

긴 새 벽

우린 서로를 뜨겁게 사랑했다. 항상 서로가 우선이라 떨어져 있는 시간보다 함께한 시간이 훨씬 더 많았다. 하루 종일 데이트하고 헤어진 후에도 목소리가 듣고 싶어 통화하다가 잠드는 날도 많았고, 새벽에 보고 싶어 불시에 서로의 집 앞에 찾아가기도 했다. 봄이 오면 카메라를 들고 꽃놀이를 하러 갔고, 겨울이 오면 따뜻한 온천으로 여행을 떠났다. 슬픈 일이 있을 때면 만사제쳐두고 함께 밤을 지새웠고 좋은 일이 생기면 내 일처럼 기뻐하며 축하했다. 식지 않는 사랑을 하고 있다 믿었다. 그런 우리에게도 이별이란 것이 존재하는 줄 모르고. 처음 쏟았던 사랑이 너무 커서였을까. 사랑이 언제나 뜨거울 수 없다는 사실을 몰랐던 걸까. 언제부턴가 우리는 서로에게 애정이 줄어드는 것 같다며 각자 서운해했다. 사랑이 너무 뜨거워도 지나친 독이 된다는 걸 지나고 나서야 알았다. 그땐 몰랐다, 사실 그 순간도 아직 온기가 남아 있었음을. 결국 조용히 찾아온 이별을 덤덤히 받아들이고 우린 서로에게 안녕을 전할 수밖에 없었다.

나는 네가 없는 삶이 믿기지 않아 여전히 방황하고 있다. 네가 나한테 보여준 애틋한 모습을 다른 이에게 보인다는 생각에 잠이 오지 않는다. 나를 바라보는 당신의 눈은 언제나 다정했는데, 그 다정한 눈빛이 떠오르는 오늘 밤이 유독 힘들고 쓸쓸하다.

어쩌지, 이 긴 새벽을.

사 랑 이
장 난 입 니 까

마지막은 언제나 예기치 못해서 더 속상하고 서글픈 법이지요. 그날 우리의 여행은 마지막 여행이 되었습니다. 사실 당신이 건넨 사랑을 잘 모르겠습니다. 어디서부터 진심이었고 어디까지가 진심이 아니었는지. 당신은 늘 자기 마음만 중요했지요. 좋으면 좋다고 달려오고, 싫으면 싫다고 밀어내고. 입버릇처럼 말했지만, 오늘도 말합니다. 사랑이 장난입니까. 마음이 조금 상했다고, 현재 당신의 전부를 버려도 괜찮습니까. 당신은 나 없이 하루를 살아갈 수 있습니까. 허전함과 쓸쓸함에 울지 않을 자신이 있습니까. 나의 공백이 익숙해질 때쯤 다시 내게 연락하지 않을 수 있습니까. 그렇게 나를 흔들지 않을 자신이 있습니까. 가볍게 뱉은 이별에 당신의 진심은 얼마나 담겨 있었습니까. 당신에게 무차별 이별 통보를 받는 내 입장은 생각하지 않았습니까. 지푸라기라도 잡고 싶은 내 가엾은 마음은 들여다보려 하지 않았습니까. 당신이 하루아침에 사라진 내 삶은 한없이 무너져 내렸습니다. 난, 당신에게 사랑을 주고 당신을 사랑하는 것에 바쁘길 원했습니다. 언제나 마지막 사랑이라고 생각하며 사랑했습니다. 그저 난.

바 보

당신 뒷모습 사진 하나.

저는 그걸,

아직도 지우지 못하고 있습니다.

면 사 포

너는 뜨거운 음료보다 찬 음료를 좋아했고, 날이 선선할 때 강변에 누워 밤하늘을 보는 걸 좋아했으며, 노래방에서 밤을 지새울 정도로 노래 부르길 좋아했고, 여행을 떠날 때의 설렘을 좋아했으며, 코드가 맞는 친구들과 시간 가는 줄 모르고 전화 통화하기를 좋아했고, 무더운 여름날 집 앞에 나올 땐 모자와 슬리퍼 차림으로 나오는 걸 좋아했고, 좋아하는 음식을 요리해 먹는 것을 좋아했다. 너는 쉽게 화내지 않았으며, 속마음이나 걱정거리를 누군가에게 털어놓지 않았고, 놀이기구 타는 것을 무서워하지 않았으며, 부끄러움이 많아 표현에 인색했지만 얼굴에 감정이 그대로 드러나 얼굴만 봐도 네 마음을 알 수 있었다.

그런 너의 소식을 오랜만에 너에게서 들었다. 너는 이제 한 사람의 아내가 되어 더 좋은 인생을 앞둔 출발선에 서게 되었다며 내게 마지막 안부 인사를 건넸다. 평생을 너와 함께할 그 사람은 과연 알까. 네가 얼마나 멋진 사람인지. 속이 바짝 타고 이내 텅 빈 듯 쓰린 바람이 오가지만 너의 행복을 빌어주고 진심으로 축복해주려 한다. 네가 웃으며 잘 사는 것이, 너의 행복이 곧 나의 행복이기에. 행복과 안녕을 빈다. 안녕, 한때 내 전부이자 청춘이었던 너.

조금만 힘들자

　괜찮아. 사라졌다고 믿었던 사랑은 여전히 우리 곁에 숨 쉬고 있어. 조금만 아프고 조금만 울고 조금만 속상해하자. 그리고 마음처럼 쉽지는 않겠지만 힘든 만큼 잘 지내야 해, 더 웃으면서 말이야. 괜찮아, 괜찮아. 알았지? 괜찮아.

공 항 에 서

너는 내게 차갑게 이별을 전하고 먼 곳으로 떠났어.

그 여행길에서 아마도 나를 완전히 비워내려 노력했겠지.

그리고 스스로 괜찮아졌다고 생각할 즘

긴 여행을 끝내고 한국으로 돌아오는 날,

공항 라운지에서 소향의 〈바람의 노래〉를 들었다 했어.

노래를 듣는 순간,

괜찮은 줄 알았는데 사실 괜찮지 않았고,

나와 함께했던 추억이 대책 없이 떠올라

다리에 힘이 풀려 주저앉아 엉엉 울었다고 했어.

나는 궁금해.

요즘도 〈바람의 노래〉가 들릴 때면 내 생각이 나는지,

그래서 눈물을 흘렸다고 말할 수 있는지 궁금해.

그리고 여전히 그렇다는 너의 말을 들으면,

내 마음이 어떻지 그것도 궁금해.

누구의 잘못도
아니었는데

누구의 잘못도 아니었어. 그냥 우리가, 우리가 아직 사랑하기에 어렸던 거야. 아직 어린아이여서 어른이 하는 사랑을 흉내 내지 못한 것뿐이야. 나도 잘못 없고, 너 또한 잘못 없어. 그냥 그랬다고 생각하자. 그렇게 생각하면서 오늘 밤 당신이 푹 자길 바라. 그뿐이야, 당신에게 여전히 남은 내 사랑은.

오늘 밤 당신이 푹 자길 바라.
그뿐이야, 당신에게 여전히 남은 내 사랑은.

일 기

　오랜만에 만난 친구들이랑 술 한잔 기울이며 말했습니다. "요즘 살 만한 것 같아." 새벽에 잠을 잘 이루지 못하는 습관도 고쳐가고 있습니다. 규칙적으로 생활하니 전보다 더 건강해지는 듯한 기분이 듭니다. 물론 피곤한 하루가 이어지기도 했습니다. 사람들을 연이어 만나고 업무 미팅까지 소화하느라 머리가 지끈거리는 날도 있었지요. 그런 날이면 귀가 후 으레 맥주 한 캔을 따 노래를 들으며 벌컥벌컥 마실 테지만 요즘엔 두통이 심해질 것 같은 걱정에 그러지 못했습니다. 타이레놀 두 알을 삼키고 일찍 잠자리에 들었습니다. 평소보다 두어 시간 더 자고 일어났지만 눈꺼풀은 무겁고 머리는 여전히 욱신거렸습니다. 아, 마음도 아팠습니다. 모든 아픔에는 이유가 있으니 내 아픔도 그렇습니다. 처음엔 울적했습니다. 그리고 화가 났습니다. 잠시 뒤에는 행복했습니다. 감정선이 뭐 이러하냐 싶겠지만 아무튼 그랬습니다.

시간이 꽤 지난 줄 알았는데, 아니더라고요. 당신의 숨소리가 희미해져가는 지금, 나는 그럭저럭 잘 지내고 있었습니다. 같이 걸었던 거리를 지날 때 당신 생각이 어렴풋이 떠오르긴 했지만 당신을 애써 기억하려 하지 않았습니다. 그런데 왜일까요. 오늘 꿈속에 당신이 나왔습니다. 아주 오랜만에 당신을 봤습니다. 잠에서 깨 시간을 보니 늦잠을 잤더군요. 몸은 감기 기운이 있는지 축 처졌습니다. 방금 꾼 꿈을 찬찬히 짚어봤습니다. 너무도 생생한 탓에 길에서 당신을 마주친 것처럼 가슴이 크게 요동쳤습니다. 당신 생각이 머릿속에 가득 찼습니다. 화가 났습니다. 아직도 나는 당신을 그리워하는 걸까. 분명 나는 친구들에게 살만하다고 말했는데 나 자신마저도 속인 걸까.

하지만 그때로 다시 돌아갈 용기는 없습니다. 생각이 더 깊어질까 서둘러 침대에서 일어나 이부자리를 정돈하며 당신에 대한 미련도 털어냈습니다. 더 이상 아프지 않습니다. 아무렇지 않습니다. 내일 또 당신 꿈을 꿀지라도 오늘은 오늘의 일상을 살아가기 위해 움직입니다. 괜찮은 척 하루를 시작합니다.

잔 상

당신 기억 속에 내가 살아가고 있다면
나는 그걸로 족합니다.

속 초 1

속초에 가고 싶습니다. 그간 많은 곳을 여행했지만 왠지 모르게 속초의 기억은 너무도 선명합니다. 정확히 말하자면 속초 해수욕장부터 하룻밤 묵었던 호텔까지의 거리가 말입니다. 이상하게도 그 거리를 걷는 동안의 기억만 뚜렷합니다.

그날은 서울에서 심야버스를 타고 자정이 다 돼서야 속초에 도착했습니다. 정말 갑자기 떠났지요. 아, 쓰다 보니까 제가 왜 속초를 애틋하게 여겼는지 알 것 같습니다. 계획 없이 갑작스럽게 떠난 여행이 처음이었거든요. 몇 년 전 공황장애를 앓아서 치료를 받던 시기가 있었지요. 그 시기의 어느 날, 잘 만나오던 당신에게 갑자기 이별을 이야기했죠. 당시 저는 당신의 길에 제가 방해만 될 뿐이라 생각했어요. 짐이 되기 싫었습니다. 예민하고 힘든 그 시기에 믿을 사람은 당신밖에 없었기에 당신이 언제나 저만을 이해해주길 바라는 마음이 자꾸만 커져갔습니다. 그런 마음이 당신에게 부담을 줄까봐 비겁하게도 제가 택한 사랑의 방식은 헤어짐이었습니다. 나를 좀 잡아달라, 내가 이렇게 많이 힘들다 따위의 진심을 숨긴 고백 같은 건 아니었습니다. 고심 끝에 건넨 말이 끝나자마자 당신이 말했습니다. "지금 당장 떠나자. 어디든 네가 모르는 낯선 곳으로. 그러면 네 마음도 조금 나아지지 않을까." 이런 대답이 돌아올지 미처 몰랐습니다. 그런데 마음에 슬며시 설렘이 일더군요. 한 번도 생각해본 적이 없는 일탈의 시작이 눈앞에서 일어나고 있었으니까요.

그렇게 당신 제안대로 꼭 필요한 짐만 챙기고 심야버스에 올랐습니다. 그날 밤에도, 그다음 날에도 속초의 유명한 관광지를 돌아보진 않았습니다. 어둠이 내려앉은 해안가를 걸었을 뿐. 낮에도 마찬가지였어요. 아, 쓰다 보니 이제야 알았습니다. 속초라는 도시가 내게 주는 안정감과 그리움은 떠나간 당신이 내게 준 믿음이자 사랑이며 선물이었다는 사실을요. 저는 이제껏 멍청하게 그 도시만을 그리워했습니다. 사실 그때 저는 이해가 필요했는지도 모릅니다. 그리고 당신은 그런 제게 따뜻한 손을 내밀어주었고요. 당신은 어른이었습니다. 그리고 저는 아이였습니다. 당신은 큰 사람이었고 저는 한없이 작은 사람이었습니다.

이제야 고백합니다. 당신이 제 삶에 잠깐 머물다 간 것, 그 사실 하나만으로도 가슴이 벅차오릅니다. 그때 제게 함께 떠나자 해줘서 감사합니다. 그해 우리의 속초는 기억 속에 묻어두겠습니다. 나의 기억이었고 나의 당신이었고 나의 그대였고 나의 행복이었던 여행. 다 덕분입니다. 고마웠습니다. 정말로요.

속 초 2

속초에 다시 왔습니다. 내가 속초를 이렇게 아프게 사랑하는 것을 알고 내 연인은 새로운 기억을 내게 만들어주려고 나와 함께 이곳에 왔습니다. 이런 나의 어리광이 당신에게 상처가 되었을 수도 있겠지요. 고맙고 미안합니다. 나의 연인은 속초보다 더 아름답고 푸르며 눈부십니다. 속초의 밤하늘을 밝힌 불꽃도, 낯선 극장에서 본 심심한 영화도 평생 소중하게 간직하겠습니다. 그리고 나의 소중한 연인, 당신이 건넨 그 따뜻한 사랑을 영원히 기억하겠습니다.

나의 연인은 속초보다
더 아름답고 푸르며 눈부십니다.
나의 소중한 연인, 당신이 건넨
그 따뜻한 사랑을 영원히 기억하겠습니다.

04 : 54

오전 네 시 오십사 분.
당신이 갑자기 그리워지는 순간.

견 디 는 밤

당신은 한밤중 빛과 같은 사람이었지요. 칠흑 같은 어둠 속에서 더 빛나는 사람이었습니다. 그리고 저는 어둠이 찾아왔을 때 더욱 약해지는 사람이었습니다. 여러 상념이 덮쳐 쉽사리 잠을 이루지 못한 탓에 뜬눈으로 밤을 지새우다가 저도 모르는 사이에 잠이 들곤 했습니다. 으슥한 골목의 가로등이라고 할까요. 아니면 망망대해의 등대라고 할까요. 당신은 제게 그런 존재였습니다. 비록 제 어둠을 완전히 걷어내진 못했지만 당신은 제게 가장 필요한 존재였습니다. 제가 어둠이고 당신은 작은 불빛이기에 우리는 영혼의 단짝이라며 달콤한 상상을 하곤 했습니다.

그런 당신과 제게도 아침이 찾아왔습니다. 지난밤 함께한 시간이 무색할 정도로 당신은 여느 때보다 차갑게 제 손을 놓으며 마음을 거두었습니다. 당신은 언제나 밤에만 머물렀던 시간이

지겨웠다며 환한 낮을 찾아 떠나갔습니다. 당신과 저는 환하게 밝은 낮보단 어두운 새벽에 더 빛이 나는 사이였는데, 당신은 그걸 모르고 있었습니다. 당신이 내는 미세한 불빛은 환한 낮에는 반짝이지 못했습니다. 아니, 더 큰 빛에 가려졌습니다. 당신이 떠난 후 한동안은 아침이 오고 눈을 떠도 마음 한구석이 언제나 새벽에 머물렀습니다.

　어느 날 밤, 당신이 찾아왔습니다. 당신은 가장 중요한 걸 깨닫지 못했다면서 제게 다시 손을 내밀었습니다. 혹시 알고 계십니까. 당신이 없던 사이, 저는 밤마다 무서워 벌벌 떨었습니다. 밤이 지나 새벽을 맞이하고 아침이 되는 그 순간까지 온힘을 다해 살아갔습니다. 그러다 보니 마침내 그 과정도 괜찮아졌습니다. 이젠 괜찮습니다. 어두운 하늘 아래에서 당신에게 의지했던 지난날과 달리 혼자 있어 보니 새로운 것들이 보였습니다. 조용히 울고 있는 풀벌레 소리에 귀를 기울일 수 있었고, 고개를 치켜들어 쏟아질 듯한 별을 보게 되었고, 밤바람을 벗 삼아 천천히 산책하는 것이 좋아졌습니다. 그러니 이제 당신의 손은 괜찮습니다.

　저는 당신이 꼭 새벽 같은 사람인 줄 알았습니다. 칠흑 같은 어둠과 잘 어울리는 사람인 줄 알았습니다. 혼자 힘으로 이 새벽을 견뎌낼 수 없기 전까지는 그런 줄 알았습니다. 그러나 이제 제 어둠을 밝히는 것은 제가 할 수 있을 것 같습니다. 저의 새벽을 맞이할 수 있을 것 같습니다.

누군가를
지워간다는 것은

잊어야 한다고 해도 마음처럼 되지 않더라고요. 그 마음을 밀어내도 밀리지 않더라고요. 친한 친구들에게 넋두리를 늘어놓아도 시원하긴커녕 여전히 속이 답답하기만 하더라고요. 정신없이 시간을 보내면 좀 나아질 거라는 말을 듣고 일부러 약속을 잡고 바쁘게 지냈는데 그마저도 소용없더라고요. 길에서 당신과 머리칼 길이가 비슷한 사람이 지나가기만 해도 흠칫 놀랍니다.

누군가를 잊어가는 건 마음처럼 되지 않는 일입니다. 우리가 누굴 사랑해야겠다 다짐하고 사랑하는 것이 아닌 것처럼 말이죠. 자연스레 사랑하게 되듯 자연스레 잊어가야 하나 봐요. 그런데 어쩌죠. 당신 없는 세상은 아무 일도 없다는 듯 자연스러운데 당신을 놓지 못한 내 세상은 왜 이토록 부자연스러운 걸까요. 울면 안 되는 나이에 왜 청승맞게 눈물부터 나는 걸까요. 왜 아직

도 꿈에 나와 나를 흔들고 괴롭히나요. 이렇게 몇 번을 더 긴 새
벽 내내 뒤척이고 아파해야 덤덤해질까요.

누군가를 지워간다는 것은 거센 물줄기를 거슬러 올라가는
것만큼이나 힘든 일인 것 같아요.

새 해 첫 날

한해의 마지막 날에서 새해의 첫날로 넘어가는 새벽, 문자를 확인했어. 너의 전화를 받지 못한 내게 너는 엉망인 맞춤법으로 여러 통의 문자를 보냈지. 1분 간격으로 띄엄띄엄 도착한 문자들. "누구랑 그렇게 통화 중이야", "그냥 오랜만에 궁금해서 연락했어", "잘 살아"로 이어지는 문자를 보니 가슴이 철렁하더라. 아무렇지 않은 척하며 잘 지내는 것 같았는데 실은 너도 나와 마찬가지였구나. 잠깐 망설이다 너에게 전화를 걸었어. 신호음이 몇 번 울리고 오랜만에 반가운 목소리가 수화기 너머로 들려왔지. 그날 새벽에 우린 만났고, 허심탄회하게 속마음을 나누었지.

'아직도 여전히 너를 사랑하지만, 너를 다시 안아줄 수는 없어.'

다시 돌아가는 건 정말로 힘든 과정이고 그만큼 미련한 일은 없다는 걸 우린 너무 잘 알고 있었어. 오늘은 그냥, 그냥 말이야. 너무 보고 싶은 날이라, 그런 날이라 만난 거라고, 그렇게 생각하자고. 그리고 나는 너에게 요즘 호감 가는 이성이 생겼다고 말했어. 너는 진심으로 행복하길 바란다며 축하해주었지. 그 말은 진심이었을까. 그해 첫날, 그 만남이 마지막이었어. 해가 바뀌고 다시 새해 첫날이 되니 그날 만남이 떠올라. 평소엔 잘 하지도 않는 사진첩 정리를 하다가 미처 지우지 못한 네 사진을 발견해서 마음이 약해졌나 봐. 시간 참 빠르다, 그치? 잘 지내고 새해 복 많이 받아.

헤 어 질 까

곧 비가 올 것 같아. 바람도 구름도 비를 잔뜩 머금고 있는 듯
보여. 비가 쏟아지면, 우산이 있어도 없는 척, 흠뻑 맞아볼까. 그
래도 괜찮다고 말해주는 날 같잖아. 처음엔 몰랐어. 다른 세상,
다른 세계에서 다른 시차, 다른 시각으로 살아가도 우리가 걷는
방향은 같은 줄 알았거든. 함께 산책하던 날, 그 순간만큼은 같
았을지도 몰라. 그렇지만 우리는 만나는 날보다 떨어져 있는 날
이 더 많은데 그런 날에도 마음이 같길 바라는 건 너무 큰 욕심
이 아닐까. 욕심은 말이야. 분수에 넘치게 무엇을 탐내거나 누리
고자 하는 마음이야. 그리고 그 욕심이 과하면 결국 자신을 버리
고 살아가게 되는 것 같아. 욕심을 채우려고 초조하고 불안하고
예민한 모습으로 하루하루를 살아가게 되지 않을까. 나는 어떨
까. 나는 후에 너를 지키지 못한 걸 후회하며 밤잠을 설칠까. 네
가 내게 주었던 그 사랑이 그리울까. 이제 나 아닌 다른 사람이

네 마음의 주인이라면 나는 그 사람을 증오하는 동시에 부러워할까. 매일같이 너와의 추억을 빼앗긴 듯 속상해할까. 어쩌다 들려오는 너의 소식 하나로 간신히 괜찮아진 내 삶이 무너질까. 그렇다면 당신은 어떨까. 우린 서서히 헤어지고 있는 걸까. 차라리 우리 내일 헤어질까.

어쩌다 들려오는 너의 소식 하나로
간신히 괜찮아진 내 삶이 무너질까.
그렇다면 당신은 어떨까.
우린 서서히 헤어지고 있는 걸까.
차라리 우리 내일 헤어질까.

후 회

자신의 소홀함으로 이별을 맞이하고 뒤늦게 상대방을 그리워하는 건 이기적인 마음 아닐까요. 있을 때 잘해야죠. 이미 상대방의 마음이 떠나가버렸다면 누굴 탓하겠습니까. 그러니 마음이 아프다고 울지도 말고 투정을 부리지도 마십시오. 당신은 그럴 자격이 없습니다. 변해가는 당신을 지켜보며 아파했던 한 사람의 마음은 날이 밝아도 언제나 어두운 새벽에 머물렀으니까.

서로에 대한 믿음

연인이라 불리는 사이에선 서로 간의 믿음이 대단히 중요하다. 이 믿음이라는 것은 한 번 금이 가면 걷잡을 수 없어 결국 깨지고 산산조각 나버린다. 다시 잘해보려고 한들, 금이 가고 깨진 믿음을 붙여본다 한들, 균열이 생기면 다시 이전으로 돌아가긴 어렵다. 더 이상의 금이 가지 않기만 바랄 뿐. 의도가 어떻든 거짓말은 연인 사이에 치명적이다. 상대가 거짓말한 사실을 알게 되면 배신감과 실망감, 공허함, 크고 작은 불신이 생기고 이후에 아무리 잘하려 노력한다고 해도 둘의 관계에서 이전만큼의 신뢰는 찾을 수 없게 된다.

서로에 대한 믿음이 깨졌다면, 이미 두 사람은 서로에게 가까워지는 길을 걸은 만큼 서로 멀어지는 길을 서서히 걷고 있는 것이다.

문득 다시 누군가가

큰 이별을 하고 난 사람들은 대체로 공감할 것이다. 내가 다시 누군가를 사랑할 수 있겠냐는 상심을. 그러다 결국엔 또 누군가를 힘껏 사랑했던 경험도. 결국, 그렇다. 얼어버린 마음도 순간일 뿐 시간이 지나면 녹아내리기 마련이다. 이 사람 없으면 안된다고 울고불고하며 생떼 부리고 소리쳐도 괜찮다. 아무도 나무라지 않으니까. 이별의 아픔을 직면한 사람을 나무란다면 그 사람이 이상한 거지. 그러니 사랑했던 감정들을 떠나보내라. 떠나보내고 놓아주고 잊어가고 지워가다 보면 문득 다시 누군가가 어느덧 당신에서 우리가 되어, 그 사람을 힘껏 사랑하며 하루를 보내는 때가 올 테니.

미 련 이   없 는   이 별 은

미련이 없는 이별이라는 게 과연 있을까?
미련이란 뜻은 터무니없는 고집을 부릴 정도로 매우 어리석고 둔한 행동이라는데.

이별할 때마다 말이야.
어리석고 둔해서 그런지 늘 후회만 가득하더라고.

미련이 없는 이별이 있다고 말하는 사람들은 말이야.
사랑이라 말할 수 있는, 그런 사랑을 해보지 못한 게 아닐까.

어떻게 미련이 없을 수가 있어.
새벽녘까지 뒤척인 날만 해도 셀 수가 없는데.

미처 정리하지 못한 것

이별을 맞이하고 집으로 돌아가는 길. 그 사람과 관련된 모든 것을 정리했다. 사진첩에 가득한 함께 찍은 사진을 지웠고, SNS에서 그 사람의 계정을 취소했으며, 저장된 번호를 지웠다. 남들에게 보이는 공간에서 그 사람을 완전히 삭제했다. 누가 봐도 '재 헤어졌구나'라고 할 것이다. 사랑의 크기에 비해 이별의 정리는 생각보다 쉬웠다고 자신을 위로하며 집에 도착했다. 현관 앞에 놓인 두 컬레의 커플 슬리퍼. 그 슬리퍼가 뭐라고 그걸 보고 머리가 정지됐다. 그리고 이내 내 세상은 무너졌다.

사랑의 크기에 비해
이별의 정리는 생각보다 쉬웠다고
자신을 위로하며 집에 도착했다.
현관 앞에 놓인 두 켤레의 커플 슬리퍼.
그걸 보고 머리가 정지됐다.
그리고 이내 내 세상은 무너졌다.

네 소식

가끔씩 들려오는 네 소식에 내가 할 수 있는 게 아무것도 없어서 속상하다.

위로도, 축하도.

상 실 감

아침에 일어나면 오늘 하루도 잘 보내라고 연락해야 하는데, 외출한다고 하면 차 조심하라고 걱정해줘야 하는데, 친구를 만난다고 하면 나 신경 쓰지 말고 편하게 놀라고 안심시켜줘야 하는데, 보고 싶다고 말하면 내가 더 보고 싶다는 마음을 전해줘야 하는데, 게임을 한다고 하면 같이 게임하고 싶어서 컴퓨터를 켰다고 알려줘야 하는데, 잠자리에 들었다고 하면 자기 전에 오늘 하루도 고생 많았다고 푹 자라고 다독여줘야 하는데.

chapter 3

무
수
히
　많
은
　안
녕

그 리 움

내가 사랑했던 이들이,

나를 사랑했던 그들이

못내 그리운 시간은 언제나 존재한다.

다만 과거형이란 이유로

쉽게 가려져 있을 뿐.

인 연

서로의 연분을 인연이라 한다. 그리고 인연이라면 언젠가 다시 만난다고 한다. 만날 사람은 무슨 일이 있어도 다시 만난다라……. 이 말은 가혹하지만 아름답기도 하다. 누군가를 잊지 못하는 사람에게 자칫 헛된 희망을 심어줄 수 있으니 가혹하기 그지없고, 돌고 돌아 결국 그 사람을 만난다는 기막힌 우연이 필연이 되고 그 필연이 인연이 된다고 생각하면 아름답기 이를 데 없다. 인연, 달콤하면서도 애처로운 말이다.

팍팍한 삶에 반짝임을 하나 더하는 일이니 인연을 믿는 것도 나쁘지 않다. 내 마음 한 뼘 정도 그 사람에게 다시 내어줄 수 있다면, 내가 그 추억 속에 잠시 쉬어갈 수 있다면.

때 묻은 마음

인간이라면 누구나 남에게 말하지 못할, 자신만의 은밀한 비밀 몇 가지를 가지고 있다. 나도 마찬가지다. 그중 하나가 '되돌릴 수 없는 마음'이다. 대중목욕탕에 가서 때를 불려 벗기는 것처럼 없앨 수만 있으면 그렇게 할 텐데 마치 각인이라도 된 채지워지지 않는 것들. 이 마음은 총 세 가지로 구성되어 있다. 대인관계, 사랑, 그리고 나.

먼저 대인관계. 짧지 않은 세월을 거쳐 오늘에 이른 나는 자기방어를 꽤 할 줄 아는 사람이 되었다. 오는 사람 마다하지 않고 가는 사람 막지 않으며 살아온 내가 이제는 달라진 것이다. 내게 다가오는 사람에겐 의문을 먼저 던진다. 왜 나한테 다가온거지? 분명 원하는 게 있을 거야. 그리고 가는 사람을 쿨하게 보내주기도 힘들어졌다. 혹시 큰 잘못을 저질렀나? 도대체 무엇이 부족했지? 스스로에게 질문하며 상대와의 관계를 돌아보곤 한다. 내게 대인관계는 많은 사람을 알게 되는 기쁨보단 의심부터 하고 보는 피곤한 형태로 자리 잡은 것이다. 대인관계에 너무 많은 에너지를 낭비해 쉽게 지치곤 한다. 정말로 나와 친구가 되고 싶은 마음 하나로 다가왔던 사람까지 색안경을 긴 채 바라보며 거리를 둔 적도 많다.

다음으로 사랑에 관해서는 밤낮없이 일장 연설을 할 수 있을 정도로 할 말이 참 많다. 지금보다 어렸을 때, 다시 말해 성숙하지 못한 시절엔 나는 사랑이 삶의 전부인 줄 알았다. 사랑하는 연인을 잃을까 봐 내 모든 것을 갉아먹으며 꾸역꾸역 사랑했다. 그리고 사랑하는 방식도 참 어리숙했다. 내 눈에 예뻐 보이니까 다른 사람 눈에도 예뻐 보일 거라며 연인에게 과한 집착을 하던 시절도 있었다. 하지만 그것이 전부 잘못된 방식이라는 사실을 알고 나자 '그럼 어떻게 사랑을 하고, 그 사랑을 어떻게 이해하지?'라는 딜레마에 빠지기도 했다. 집착이 곧 사랑하는 마음일 텐데 그것이 사라지면 사랑도 없는 것이나 마찬가지라는 생각이 들었다. 그래서 한동안은 사랑하지 않았다. 연인이 될 듯한 사람과도 빙빙 둘러대며 거리를 두었다. 연애라는 메커니즘을 비로소 이해하고 나서야, 너무 뜨겁지도 너무 차갑지도 않은 적당한 온도로 사랑해야 서로 좋은 영향을 주고받을 수 있다는 것을 깨달았다. 하지만 나는 이미 때가 묻었다. 사랑에는 터질 듯한 감정도 필요한데, 터질 듯한 감정을 만들려 하지 않는다. 심장이 기계가 된 것 같다. 용암처럼 뜨거운 무언가가 사랑이라는 이름으로 터져 나오려 할 때면 스스로 제어하려고 아등바등하니 말이다. 가족을 향한 사랑, 친구를 향한 사랑, 동료를 향한 사랑에 대해서도 생각이 달라졌다. 처음엔 그들이 내 곁에 있는 것이 당연한 줄 알았고, 감사함 같은 건 몰랐다. 눈떠보니, 정신 차려보니, 태어나보니 내 곁에 있는 관계들이었으니까. 하지만 그 관계 또한 내가 노력하며 이어가야 함을 깨달았다. 그리고 나의 부주의로 이별을 맞이할 수도 있다는 생각에 언행을 늘 조심하게 되었다.

그리고 나 자신. 대인관계와 사랑, 이 두 가지만으로도 내가 크게 바뀌었다. 누군가는 이렇게 말한다, 그렇게 어른이 되어가는 것이라고. 더는 온갖 풍파를 겪지 않아도 될 정도로 성장했다고. 그렇다고 해도 아직은, 아직은 이르다. 앞으로 다가올 더 많은 순간을 겪어내고 이겨내면서 성장을 위해 애쓰고 싶다. 과거는 과거에 두는 편이 낫다는 말이 있듯이 이렇게 지난 삶을 회고하여도 정작 그리워하지는 않아야 하는 것. 이미 때가 묻은 이 마음들을 인정하고 이 시간들이 조금 더 나를 단단하게 만들어주기만을 바랄 뿐이다.

아들, 나 옥수수 사줘

횡단보도를 건넌 후 버스터미널 입구로 서둘러 들어가려 할 때였다. 맞은편에서 노년의 여성과 중년의 남성이 나란히 걸어오고 있었는데, 여성과 남성이 모자지간임을 알게 된 것은 여성의 말을 듣고 나서였다. 여성은 남성의 소맷자락을 붙잡고 말했다. "아들, 나 옥수수 사줘." 그러고는 왼편의 버터 옥수수를 파는 상점을 가리켰다. 그 순간 머리가 띵 했다. 걸음을 멈추고 고개를 돌려 모자를 바라보았다. 아들은 다정한 미소를 지으며 계산하고, 어머니는 아이처럼 행복해하며 옥수수를 집어 들었다. 나는 그 모습을 한참 지켜봤다.

어머니가 떠올랐다. 어머니는 나에게 저렇게 말씀하신 적이 한 번도 없다. 내 나름대로는 어머니랑 가깝고 친하다고 생각하는데 말이다. 어머니 눈에는 내가 아직도 기댈 수 없는 불안한 존재로, 어린 사람으로 보이는 걸까. 아니면 내게 일말의 부담도

주기 싫으신 걸까. 어머니가 어느 날 내게 사소한 무언가를 사달라고 한다면 그때의 기분은 어떨까? 듬직한 아들이 된 것 같을까? 어머니의 나이 듦이 느껴져 속이 상할까? 분명한 것은 어머니의 부탁을 듣게 되는 날 나도 옥수수를 사준 아들처럼 다정하게 웃을 거라는 사실이다.

연 락 하 려 고   했 는 데

가끔 내가 먼저 당신에게 안부를 물을 때가 있어. 그런데 웃긴 게, 그럴 때마다 자기도 내게 연락하려 했다고 말하더라고. 참 웃기지. 당신도 나도 바쁘게 살아온 탓에 서로에게 신경 쓰지 못했고 그건 누구의 잘못도 아닌데, 괜히 그런 말이 돌아오면 서운해지더라. 사실 그렇게 말하는 것보다 오랜만이라고 잘 지내냐는 대답이 더 좋은데. 그랬다면 당신에게 생긴 이 마음이 헛헛하지 않을 텐데. 마냥 따뜻할 텐데 말이야.

안 부

어제는 추웠는데 오늘은 날이 따뜻해. 하늘과 구름이 예쁘기까지 했어. 어떤 날엔 쏟아질 것 같이 많은 별이 떴고 또 어떤 날엔 옷을 꽤 두껍게 입은 달이 얼굴을 내밀었어. 너의 요즘 하늘은 어떨까 궁금해.

무 수 히 많 은 안 녕

우리는 살아가면서 수많은 안녕을 건네곤 한다. 하나의 안녕이 가면 또 다른 안녕이 다가온다. 안녕이란 가깝고 편한 사이인 사람과 만났을 때, 또 헤어질 때 건네는 인사말. 하지만 '안녕' 앞에 '영원히'를 붙이면 이처럼 또 서글픈 인사말이 있을까. 나는 그래서 안녕이 싫다. '안녕히 계세요'도 싫다. 다시 말해 당신들과 헤어지기 싫다. 사랑하는 당신들과 헤어지고 싶지 않다. 안녕이란 인사를 하지 않을 수 있게 언제나 내 곁에, 그 자리에 있어주라.

하나의 안녕이 가면
또 다른 안녕이 다가온다.
살면서 건네는
무수히 많은 안녕.

●

친 구

어쩌면 우린 그래서 아팠던 걸 수도 있어. 아직 서툴고 혼자 감당하기 버거워서. 누군가한테 털어놓기가 힘들어서. 삶을 살아가는 방식이 잘못된 줄로만 알아서. 그래서 아프고 힘들었을 수도 있어. 그렇게 하루하루 살아가다 문득 나와 닮은 사람을 만난 거야. 처음엔 호기심이었겠지. 머쓱하게 농을 주고받기도 했고, 어떤 날은 술 한잔 없이 밤을 지새우며 케케묵은 기억들을 꺼내기도 했어. 그러다 속마음을 서서히 비추게 되었지. 마음을 비추면 비출수록 같은 세상 사람인 걸 느꼈어. 내가 살아가는 방식이 틀리지 않았다는 걸 깨달았고, 나와 같은 사람이 옆에 있다는 것이 얼마나 큰 위로인지 느꼈어.

난 우리가 마냥 행복하지만은 않았으면 좋겠어. 아프면 마음껏 아파하고 슬프면 목 놓아 울면서 그렇게 솔직한 마음으로 살아가면 좋겠다. 먼지로 가득 찬 마음을 환기할 수 있는 사람이 있다는 것은, 300킬로미터쯤 떨어진 거리에 살아도 옆집에 사는 듯한 기분이 드는 것. 그리고 언제나 내 편인 시선으로 바라본다는 것. 오늘의 허전한 마음을 내일 넉넉하게 채울 수 있다는 것.

사랑하는 사람이 하나 더 늘었다. 우린 언제나 누군가를 사랑하고 그리워해야 하루를 살아갈 수 있다.

부재중의 위로

가끔 정신없이 바쁠 때가 있다. 휴대전화가 울리는지도 모를 만큼 일이 몰아치던 날, 하루를 끝내고 부재중 번호로 전화를 거니 그냥 내 생각이 나서, 밥은 먹었는지 궁금해서 전화했다고 말해주는 사람. 특별한 용건이 없어도 내가 생각났다는 이유만으로 스스럼없이 전화를 걸어주는 사람들이 오늘도 감사하다. 감사한 마음뿐이다. 넉넉한 마음을 받은 만큼 당신들에게 더 잘해야지.

나를 깎아내리는 사람

가끔 보면 남들 앞에서 나를 깎아내리기 바쁜 사람들이 있더라. 오히려 나와 단둘이 있을 땐 그러지 않는데, 꼭 다른 사람이 끼면 그 사람 앞에서 나를 우습게 만들더라고. 그의 이중적인 태도를 이해해보려 하다가 스트레스를 받았는데 시간이 지나고 보니 알겠더라. 언제부터 무엇 때문인지 모르겠지만 그의 그런 태도가 나를 향한 미세한 열등감의 표현이란 사실을. 그걸 깨닫고 나니 크게 개의치 않을 수 있었고 오히려 가엾다는 생각이 들었어. 나보다 얼마나 잘나 보이고 싶으면 그랬겠어. 그러니까 마음에 담아두고 상처받을 필요가 전혀 없어. 그리고 혹시나 해서 하는 말인데, 아직도 그런 사람들과 꾸역꾸역 친구 하고 있는 건 아니지?

1 2 월 에   만 나 요

어떤 날을 생각하며 지냈습니다. 그땐 날씨가 제법 겨울이겠죠. 옷도 꽤나 두껍게 입을 테고요. 지금은 10월입니다. 아침나절엔 손이 약간 시립니다. 아마 그날엔 더 시리겠죠. 핫팩을 건넬까 아니면 장갑을 선물할까. 고민이 많이 됩니다. 아, 그런데 저는 손이 따뜻한 편입니다. 주머니 속 온기 어린 손을 머쓱하게 뻗어 당신 손을 잡아보는 상상도 합니다. 아직 당신이 어떤 것을 좋아하고 어떤 것을 싫어하는지 잘 모릅니다. 아직 당신을 잘 모른다는 것이 마냥 싫지만은 않습니다. 너무 조급하지 않게, 서서히 알아갔으면 좋겠습니다. 당신의 마음이 열릴 때까지 기다림의 떨림이 있지 않을까 싶은데요. 아마 그날은 처음으로 우리가 단둘이 술잔을 기울이는 날이 되지 않을까요. 술을 잘 마시는 편이지만, 그날은 적당히 마시고 적당히 취해야겠습니다. 적당한 취기와 적당한 호기심이 우리를 더 가깝게 만들지도 모르잖아요. 약속하고 싶은 것이 하나 있습니다. 많이 부족한 것투성이지만 이것만은 자신 있게 말할 수 있습니다. 섬세하게 당신을 바라보겠습니다. 아주 찬찬하고 세심하게 당신 곁에 있겠습니다. 당신에게 위로가 필요한 날에는 별말 없이 함께하고, 당신이 슬피 우는 날엔 함께 울겠습니다. 또 당신이 행복한 날엔 당신의 행복이 더 커질 수 있게 노력하겠습니다. 아, 발을 맞추어 같이 거닐고 싶다는 마음을 전한다는 것이 이렇게 장황해지고 말았네요. 서리가 쌓이는 초겨울에 만날까요. 그리고 한겨울엔 같이 함박눈을 맞으면 좋겠습니다.

서리가 쌓이는 초겨울에 만날까요.
그리고 한겨울엔 같이 함박눈을
맞으면 좋겠습니다.

사 랑 을 유 예 한 다

1. 사랑을 유예한다. 다시 말해 나의 사랑은 죽었을지도 모른다. 사랑이란 말을 비로소 입 밖에 낼 수 있는 자격을 갖췄을 때, 숭고한 감정과 뼈를 깎아내리는 아픔이 사랑임을 알게 되었을 때 나는 오히려 침묵을 지킨다. 마음의 침묵이다. 더는 쉼 없이 떠들지 못하고, 웃지 못하고, 울지 못한다. 그저 할 수 있는 건 침묵뿐이다. 대화하지 않는 자에게는 말을 건네지 않기에, 그걸 알기에 침묵으로 일관한다. 그러면 또다시 사랑이 될 뻔한 무엇은 자연스레 떠나간다.

2. 겉으론 이렇게 강한 척하며 살아가지만 역시나 사랑을 찾고 있다. 내 사랑이 여전히 살아 있길 원하는 것인지도 모른다. 아니, 간절히.

3. 바람이 분다. 바람은 당신의 머리카락을 가볍게 흔들고 내 쪽으로 불어온다. 기분 좋은 향을 품은 바람이 나를 지나갈 때 마음이 저릿해진다. 이내 뒤돌아보지만 그 향의 주인이 누구인지 알 길이 없다. 그저 여러 뒤통수만 보일 뿐. 분명 좋았다. 그런데 어떤 사람이어야 내가 좋은지를 모른다. 답답하다, 마음이.

4. 그래서 그렇다. 끌림이 없는 사랑을 유예한다. 그건 사랑이 아니라 호기심이다. 호기심만으로 당신 손을 덥석 잡으면 책임질 게 많아진다. 사랑의 끝은 결혼이라 믿는 미련한 마음 때문이다. 앞서가는 생각들은 때론 독이 된다. 맞다. 나이가 차지 않았을 땐 분명 독이었다. 하지만 이젠 결혼을 꿈꿀 수 있고 꿈꾼다. 그래서 가벼운 호기심은 꺼려진다.

5. 인연을 믿는다. 그리고 그 인연은 만들어지는 거라고 확신한다. 삶을 살다 보면 여러 인연을 만난다. 나를 비참하게 만든 인연, 나에게 과분했던 인연, 내가 지키지 못했던 인연, 내가 지키고 싶었던 인연, 내게 편안함을 주었던 인연, 내게 불안함을 주었던 인연 등등. 또 어떤 인연을 만날지 모르지만 개의치 않는다. 내가 어떤 인연이 될지, 후에 어떤 인연으로 기억될지는 모름지기 나의 몫이다. "우린 인연인가 봐. 그래서 당신을 만나기 전까지 그렇게 힘들었나 봐"라는 말을 망설임 없이 할 수 있을

때 진정한 인연이라 생각한다.

6. 좋아하는 음식이 궁금하다. 그 음식을 만들어주고 싶다. 강변을 산책하고 싶다. 야경을 바라보며 드라이브를 하고 싶다. 같은 책을 사고 싶다. 그 책을 함께 읽고 생각을 나누고 싶다. 잔소리를 듣고 싶다. 꽃을 사주고 싶다. 손잡고 싶다. 껴안고 싶다. 입을 맞추고 싶다. 이야기하다 잠들고 싶다. 그리고 이불을 끌어올리며 같이 아침을 맞고 싶다.

7. 이름 모를 당신에게 그리움 가득히 담아 전한다. 나란 사람을 까맣게 모르고 살아가는 사랑아, 오늘 밤도 부디 안녕히, 편히 잠들길.

햄 스 터 쳇 바 퀴

　헤어짐이 있으면 만남이 있고, 만남이 있으면 언젠간 헤어짐이 있다. 그리고 우린 알면서도 모른 채 언제나 쳇바퀴질을 해야만 한다. 다시 뜨겁게 사랑하려면, 시린 이별을 극복하려면.

무 한 한 사 랑

아버지, 당신의 눈물을 태어나서 처음 보았습니다. 당신도 눈물을 흘릴 줄 아는 사람인지 이제야 알았습니다. 당신도 슬픔을 느끼는 사람인지 이제야 알았습니다. 늘 강인하고 책임감 있는 모습만 보여준 당신에게도 눈물이 있는지 몰랐습니다. 눈가에 맺힌 방울이 천천히 턱 밑으로 떨어지던 순간, 당신이 나를 위해 흘리는 눈물이 떨어지던 그 순간은 어째선지 시간이 더디게 흘러가는 듯했습니다. 눈물을 흘리실 때마저도 아버지는 아버지처럼 우셨습니다. 저처럼 엉엉 울지 않으셨습니다. 언제나 자식이 먼저라 자식을 한없이 걱정하는 당신을 보니 저는 아직 아버지가 될 수 없다는 생각이 들었습니다. 저는 아직 더 커야 하나 봅니다. 아직은 소리 내 울고 싶고, 아직은 모험하듯 살아가고 싶습니다.

그러니 아버지, 약한 모습이어도 괜찮습니다. 계속 제 아버지로 곁에 머물러주십시오.

당신에게 무한한 존경과 넘치는 사랑을 담아서.

그늘이 필요해

우린 매 순간 외로움 속에서 살아간다. 이 세상에 외롭지 않은 사람은 없다. 다만 덜 외롭거나 더 외로울 뿐. 그러니 이 지독한 외로움을 잠시 피해갈 그늘 하나쯤은 꼭 필요하다. 친구일 수도, 가족일 수도, 연인일 수도 있다. 다소 힘겨운 하루를 마치고 귀가하는 길. 주소록을 뒤져가며 굳이 약속을 만들지 않아도 언제나 편하게 만날 수 있는 사람들. 내 하루 끝에 나를 기다려주는 사람이 있다는 건 생각보다 꽤 근사한 일이다.

초 상 에   관 하 여

나는
방학 숙제도 개학 직전에 몰아 했던 아이였고,
시험 기간엔 늘 벼락치기로 공부했던 학생이었고,
오늘 할 일을 내일로 미루는 직장인이었어.

참 게으른 사람이지.

그러니까 죽음에 관한 걱정을 미리 하고 싶지 않아.

언젠가 마음을 준비해야 하는데
자꾸만 미뤄두고 싶은 것.
삶에서 유일하게 없었으면 하는 순간,
그러나 언젠가는 마주해야 하는 삶의 필연적인 통과의례.

럭 키

　우리 집은 럭키가 오고 난 후로 더욱 화목해졌다. 아침에 럭키를 산책시키는 일, 주말에 럭키를 데리고 애견 카페에 가는 일, 럭키를 정기적으로 목욕시키는 일, 여행 갈 때 애견 동반 펜션을 찾는 일. 럭키는 우리 가족의 삶에 그렇게 녹아들었다. 웃을 때 어여쁜 포메라니안 럭키는 작지만 용감한 녀석이다. 낯선 이로부터 가족을 지키려고 조그마한 귀를 쫑긋 세우고 짧은 다리로 버티고 서서 무서운 척을 하는 귀염둥이다. 타지 생활을 할 때도 럭키가 눈에 많이 밟혔다. 언젠가 동생이 교내 운문 백일장에서 럭키에 관한 글을 써서 상을 받은 적이 있었다. '기다려'라는 제목의 시를 여기에 옮겨본다. 럭키야, 사랑해.

　우리 집엔 강아지 한 마리가 있다.
　작지만 충성심 강한 우리 강아지.

기다려 한마디에 하던 일을 멈춘 채 다음에 내가 할 말을 하 염없이 기다린다.

아침에 집을 나선 주인을 하루 종일 기다린다.
기다리다 지쳐 잠들기도 한다.
그래서 그런지 다소 격하게 나를 반긴다.
강아지는 일생의 반을 기다림에 빼앗긴다.

지금 이 순간에도 자동차 오는 소리, 계단 오르는 소리, 문이 열리는 소리,
모든 소리에 온 힘을 다해 짖으며 기다리고 있겠지.
조금만 더 기다려.
형이 금방 갈게.

일 단 은 칭 찬 하 자

칭찬은 고래도 춤추게 한다는 외국 속담도 있듯 칭찬이란 것은 언제나 유익하다. 그래서 나는 칭찬을 입에 달고 사는 것을 지향하는 편이다. 남을 칭찬하기는 생각보다 어렵다. 또한 내가 건네는 칭찬에 진심이 어느 정도인지는 중요하지 않다. 칭찬은 상대방을 인정해주고 치켜세워주는 일이므로 칭찬하는 말은 진심의 여부를 떠나 이미 긍정적이고 이롭다. 게다가 칭찬을 건네면 칭찬받은 상대의 기쁨이 고스란히 전해져 내 기분까지 좋아진다.

칭찬에도 연습이 필요하다. 칭찬을 하려면 상대를 존중하는 마음이나 인정하는 마음을 기본적으로 갖춰야 하는데, 경쟁만이 살길이라 여기는 요즘 시대엔 이러한 마음을 갖는 게 상당히 어렵다. 나도 살면서 칭찬을 많이 받지 못했기에 남에게 하는 칭찬이 어색하고 낯설다. 하지만 타인을 칭찬할 줄 아는 사람이야 말로 진정으로 멋있는 사람이라 생각한다. 굳이 나를 칭찬해달라고 말하지 않아도 칭찬을 하는 당신 입가의 미소가 보는 이에게 감사의 마음을 우러나게 한다.

그러니 일단은 거두절미하고 칭찬을 하자. 각박한 세상이지만 넉넉한 마음을 갖고 살아간다면 분명 좋은 일이 더 많아지리라 믿는다. 길지 않은 인생, 서로를 응원하고 좋은 말만 하기에도 부족하다.

진 짜 위 로

동정과 위로는 한 끗 차이라 생각한다. 그래서 사람들은 위로해야 할 때 동정하는 실수를 한다. 위로가 어렵다면 침묵이 더 낫다는 당연한 순리를 모른다. 그래서 위로인 척하며 동정하고 측은하게 바라보는 일이 허다한데, 그런 마음은 한사코 거절하고 싶다. 가끔은 위로와 동정보다 믿음과 응원이 더 간절하다.

언젠가부터 소중한 사람이 힘들어하고 있다면, 혹은 그 힘듦에 대해 이야기를 꺼낼 때면 말없이 그의 말에 귀를 기울인다. 그에게 필요한 건 내 입에서 전해지는 말이 아닌, 그의 입에 새어나오는 말이다. 위로는 그 사람의 힘듦을 공감하는 것만으로도 충분하다.

위로는 그 사람의 힘듦을
공감하는 것만으로도 충분하다.

약 간 의   거 리

조금 잘해준다고 마음을 다 퍼주는 바보 같은 사람이 아직
도 있습니까. 아무리 가까운 사람이라도 약간의 거리를 둘 필요
가 있습니다. 마음도 나눠서 줄 필요가 있다는 말입니다. 사람을
너무 믿지 않았으면 합니다. 믿은 만큼 돌아오는 실망감이 배가
될 테니 말입니다. 난 당신이 더 이상 인간관계에 지쳐 허덕이지
않았으면 합니다. 한 사람이 떠나가고 그 상처에 무너지지 않게,
내 마음을 추스르고 달랠 수 있는 여유 정도는 지켰으면 좋겠습
니다.

모 사 꾼

모사꾼의 뜻은 이렇다. 약은 꾀로 일을 꾸미는 사람을 낮잡아 이르는 말. 살아가면서 모사꾼인 사람들을 제법 만났다. 이들의 공통점은 사랑을 받지 못한 사람들이라는 것. 지금 이 순간에도 우리 곁엔 모사꾼들이 득실대고 있다. 한때는 모사꾼을 용서하고 그에게 손을 내밀기도 했다. 최대한 나를 낮추고 다가갔지만, 모사꾼이 괜히 모사꾼이 아니다. 대개 이런 사람은 쉽게 바뀌지 않는다.

혹시 모사꾼에게 상처를 받거나 신경을 쓰고 있다면, 그럴 필요가 전혀 없다고 말하고 싶다. 평범하고 상식적인 사람과는 오해를 풀고 잘 지내보려는 마음이 통하지만, 모사꾼은 우리와 처음부터 결이 다른 사람이다. 남을 헐뜯고 자기 자존감을 채우는 사람들. 인간관계나 일상생활도 어려울 것 같다. 실제로 내

주변의 모사꾼만 보아도 매끄럽게 살아가지 못하는 사람들이 대부분이다.

그러니 주변에 있는 모사꾼들에게 마음을 쓸 필요가 없다. 지금 그런 사람이 몇 명 떠오른다면 앞으로 그와 관련한 모든 것들은 신경 쓰지 않고 살아가도 된다. 모사꾼까지 배려하고 이해하고 용서하면서 살아가기엔 나와 내 시간, 나의 사람들은 너무나 소중하다.

어 떤 욕 심

1. 어렵다. 마음은 내 생각처럼 되지 않는다. 좋아하는 마음도, 싫어하는 마음도, 사랑하는 마음, 미워하는 마음도 어느 하나도 원하는 대로 되지 않는다. 사랑하는 마음이 그리운 적이 있었다. 사랑하는 마음이 갖고 싶어서 누군가를 억지로 좋아해 보려 한 적이 있었다. 그러나 마음의 모양은 제각기 달라 어긋나기 마련이더라. 퍼즐 A를 놓아야 할 곳을 퍼즐 B와 C로 맞추려 했다. 마음은 언제나 마음처럼 되지 않는다.

2. 나는 양쪽 귀가 좋지 않다. 가끔 이명이 들리고 가끔은 바늘에 찔린 것처럼 아파서 움츠러든다. 일상에서 타인과 대화를 주고받는 데는 무리가 없지만 소곤거리는 말소리는 한 번에 듣지 못한다. 그래서 집중한다. 당신의 목소리에 가만히 집중한다. 눈을 맞추고 입가에 흘러나오는 소리에도 시선을 둔다. 맑은 눈,

짙은 눈썹, 오뚝한 코, 날카로운 콧날, 분홍빛 입술. 이 모든 시선을 합치면 표정이 되는데, 당신은 대화할 때의 표정이 참 예쁘다.

3. 욕심은 건강하지 못한 마음이다. 그 뜻을 알면서도 몹쓸 마음이 하나 생겼다. 다양한 표정을 기억하고 싶어졌다. 예쁜 표정도 좋지만 슬플 땐 어떤 표정을 짓는지, 행복할 땐 또 어떤 표정인지, 당신의 모든 표정을 각인하고 싶다. 그 표정들을 모두 눈에 담고 싶다.

4. 사연 없는 사람은 없다. 누구나 남들한테 쉽게 털어놓기 어려운 비밀이 하나쯤 있기 마련이다. 밝히기 어려운 치부들이 마음속에 작은 우울을 만들기도 한다. 어떤 사람들은 본인이 보는 모습만이 타인의 전부인 줄 안다. 그 모습만 믿고 끌림이 있는 사람에게 덜컥 모든 것을 나누려 한다. 하지만 그 끌림이 힘없이 무너지는 일도 허다하다. 어느 날 그 사람의 음지를 발견하면 들여다보려 하지도 않고 도망치기에 급급하다. 그런 가벼운 마음은 질색이다. 어떻게 사람이 양지인 모습으로만 살아갈 수 있을까. 하늘에도 낮과 밤이 있는데.

5. 네가 감당할 수 없는 우울이 뭐가 있을까. 그 마음을 덜어내주고 싶다. 너의 우울마저도 사랑하고 싶다.

6. 당신의 목소리, 당신의 표정, 당신의 어둠과 당신의 우울, 이 모든 것을 내 안에 간직하고 싶은 것도 나의 욕심일까. 그래도 이번에는 당신에게만은 욕심 한번 부려보고 싶다.

네가 감당할 수 없는
우울이 뭐가 있을까.
그 마음을 덜어 내주고 싶다.
너의 우울마저도 사랑하고 싶다.

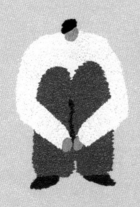

chapter 4

믿어야지, 흘러가는 이 시간들을

울 음

싫을 땐 무작정 떼쓰며 울던 아이,
지금 너의 울음은 어떤 의미일까.

당신은 소중한 사람인데

소중한 물건이 있어. 그런데 어느 순간 그 물건이 지닌 소중함의 빛이 다 바랬는데도 그 사실을 미처 모를 때가 있어. 아주 미련하게도 말이야. 요즘 어때? 주변 친구들이랑 말이야. 아직도 혼자 끙끙 속앓이하면서 마음을 상하게 하고 있는 건 아니지? 어떤 관계를 나만 소중하다고 생각하며 최선을 다하고 있는 걸 알았을 때만큼, 상대방이 우리 관계를 소중하게 생각하지 않다는 걸 느꼈을 때만큼 공허하고 비참한 적은 없더라. 그 관계의 끈을 이어갈지 끊을지는 결국 내 선택이지만 연인 사이든 친구 사이든 어느 한쪽이 기울어지는 것은 좋지 않아. 사람 마음은 시소와 같더라. 한쪽 마음이 너무 크면 많은 것을 감수해야 하고, 별 미련이 없는 쪽은 상대를 가볍게 생각하기 마련이니까. 소중한 건 그 가치가 있을 때 소중한 거야. 너의 소중함을 몰라보는 이가 있다면 반대로 또 다른 사람에게 당신의 존재는 전부일 수도 있어. 그러니 괜히 마음 아프지 말자고.

내가 보낸 마음을 당연하게 여기는 사람이 아니라 고맙게 여기는 사람들과 함께하자. 나에게 조금이라도 상처 주는 사람들 때문에 마음 아파하지 말자.

영 흥 도

낯선 섬에 왔다. 찬바람을 뒤로하고 따뜻한 온돌방에 들어섰다. 몸이 노곤해 게을러질까 봐 짐을 간단히 풀고 서둘러 밖으로 나왔다. 테라스에 흔들의자가 있었다. 쇠사슬은 튼튼한지, 녹이 슬지는 않았는지 조심조심하며 앉았다. 생각보다 편안했다. 발로 땅을 조금씩 구르며 의자에 몸을 맡겼다. 그간 읽고 싶었던 책을 꺼내 드니 햇살이 종이 위에 가득 내려앉았다. 글자를 찬찬히 읽어 내려가며 상념에 푹 잠긴다.

요즘 사는 게 참 목이 마르다. 출처가 명확하지 않아 당황스러운 그간의 갈증이 아닌, 이유가 너무나도 명확한 갈증들. 그래서 더 아프고 서글프다. 나에게 상처가 되는 아픔을 알고 있어서 그런지 그 아픔에 직면하는 순간 무너질까 봐 걱정이다. 갈증이 심해 손에 쥔 맥주를 입에 털어 넣는다.

이유가 너무나도 명확한 갈증들.
그래서 더 아프고 서글프다.
어쩌면 우린 흔들의자이고
그 아픈 내면은 쇠사슬일지도.

흔들의자의 쇠사슬. 안쓰럽기 짝이 없다. 우린 사뭇 닮았다. 사람들은 흔들의자를 바라볼 때 엉덩이를 기대는 평평한 나무 판자밖에 볼 줄 모른다. 그네에 사람이 앉으면 가장 무리가 가는 건 쇠사슬인데. 여러 개의 고리로 연결된 쇠사슬이 앉았다 일어 섰다 하는 사람들의 무게를 견디고 버티는 것처럼, 어쩌면 우린 흔들의자이고 그 아픈 내면은 쇠사슬일 수도.

소중히 다뤄야겠다. 길가에 핀 꽃도, 흙 위를 바삐 기어 가는 개미도, 흔들의자의 쇠사슬도, 냉기를 품고 있는 바람 도. 그리고 나 또한.

예쁜 말

늘 신경 써서 조심스럽게 말을 건네는 사람을 만나는 게 좋아. 무심코 툭툭 건네는 말이 은근히 상처를 주기도 하니까 말이야. 난 말이라는 건 곧 상대방에게 마음을 건네는 일이라 생각해. 사랑하는 마음을 품으면 입술에서 흘러나오는 말은 예쁠 수밖에 없어. 그래서 나를 진정 사랑하고 아껴주는 마음을 가진 사람을 만나야 하나 봐.

필 요 한 위 로

지친다, 지겹다, 버겁다, 숨 막힌다, 불안하다, 걱정된다.

어쩌면 요즘 우리의 심정일지 모를 표현들. 딱히 특별한 일이 생기지 않는 하루, 더디게 흘러가는 시간, 지치고 지겹기만한 일상, 무얼 해야 할지 모르는 나를 짓누르는 주변의 시선, 버거울수록 피폐해지는 마음, 환기가 필요한 탁하고 뿌연 세상, 그리고 위로가 필요한 오늘. 하지만 막상 위로를 전하기가 머쓱해 감정을 자유로이 표현하지 못한다. 위로라는 명사의 뜻은 이렇다. "따뜻한 말이나 행동으로 괴로움을 덜어주거나 슬픔을 달래줌." 눈을 가늘게 뜨고 살아가는 사람들은 따뜻함이 익숙지 않아서 그럴까. 과연 우리는 따뜻함을 언제 느껴봤을까. 지친다, 지겹다가 아니라 잘하고 있다, 멋있다, 예쁘다는 표현을 주고받으면 따뜻함이 조금쯤은 옮겨갈 텐데. 오늘은 용기를 북돋아주는

말을 내 옆의 사람에게 전해보면 어떨까? 그 말에 담긴 온기가
차례차례 전달될 수 있게.

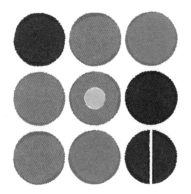

꼰 대

　세상엔 자기 주관과 시선이 전부인 줄 아는 멍청한 사람들이 정말 많다. 네가 뭔데 사람을 평가하고 폄하하느냐며 귀싸대기를 한 대 후려갈기고 싶지만 그럴 필요도 없을 것 같아 내 오른손을 지키련다. 그러니 평소에 조언이나 격언 같은 말을 하는 사람을 멀리하려 한다. 너는 어디 흠 하나 없이 살아왔느냐. 넌 어릴 적 밤에 잘 때 바지에 오줌 한번 싸본 적 없이 커왔느냐. 가족을 제외하고 나보다 나이가 많다는 이유만으로 내게 이런저런 말을 건네는 사람을 곁에 두지 않는다. 존중은 내가 먼저 받았을 때 상대방에게 해주어야 덜 상처 받고 덜 호구가 된다.

조 금 은 천 천 히

어제 한 선배가 그러더라고. 일몰을 보러 서해에 가는 사람은 없지 않느냐고. 자기가 마침 며칠 전 서해에서 일몰을 봤는데, 되게 슬펐다고. 너무 슬퍼서, 자꾸만 슬퍼져서 눈물이 나왔다고. 나이가 들어갈수록 마음이 약해지는 것 같다고. 어릴 땐 빨리 인정받고 싶고 어른인 척하고 싶어서 나이가 얼른 찼으면 좋겠다고 생각했는데, 요즘은 다른 의미로 나이를 먹어간다는 게 좋다고. 웃을 때 생기는 눈가의 주름마저도 괜찮더라고. 아무렴 괜찮더라고. 삶의 지혜가 천천히 쌓여가는 것을 문득 느낄 때면 이렇게 다짐한다고. 믿어야지, 흘러가는 이 시간들을.

가 을 비

가을이 금세 올 줄 알았는데 그렇지도 않더라고요. 뙤약볕에 익숙해질 무렵 서늘한 바람 한 줄기가 선뜩 이마에 닿았습니다. 그러자 모두의 마음이 호들갑스러워졌습니다. "이제 가을이 왔나 봐!" 가을이라는 날씨를 핑계 삼아 서로에게 안부를 전하는 일. 이런 인사는 어쩌면 계절이 바뀔 때마다 관심 있는 이에게 넌지시 마음을 건넬 수 있는 가장 자연스러운 방법일 수도 있겠네요. 어제는 몇 차례 소낙비가 내렸습니다. 아, 가을비라는 말이 더 어울리겠네요. 추우를 보고 있자면 마음이 꽤나 말랑해집니다. 영화 〈클래식〉의 한 장면처럼 당신과 함께 겉옷 재킷을 머리에 쓰고 빗속을 달리는 상상을 합니다.

비를 피하고 싶다기보다는 비를 같이 맞아주는 사람과 손을 잡고 싶습니다. 이야기를 들어주는 사람보단 이야기를

전해주는 사람과 껴안고 싶습니다. 부끄러움이 많은 사람보단 솔직한 표현을 하는 사람과 입을 맞추고 싶습니다.

창가에 서서 투두둑 내리는 가을비를 보며 잠깐 동안 생각에 잠깁니다. 누군가를 내 마음속에 들이고 싶은 일. 어쩌면 외로워서가 아닐 수도 있습니다. 애정이 부족해서도 아닐 겁니다. 나누고 싶은 행복이 많을 때, 또 그 행복을 같이 만들어가고 싶을 때 비로소 누군가를 마음속에 들이고 싶을지 모릅니다.

가을입니다. 당신에게 안부를 전합니다.

당 신 이 뭐 가 부 족 해 서

제가 말했죠. 당신이 뭐가 부족하답니까. 도대체 뭐가 부족해서 남들의 시선을 의식하면서 살아갑니까. 남의 눈치를 왜 보는 겁니까. 하고 싶은 말이 있으면 참지 말고 그 말을 꼭 하세요. 남들이 한다고 다 따라 하지 마세요. 따라갈 필요도 없습니다. 혹시나 남들이랑 다르다고 걱정할 필요는 없습니다. 남들과 비슷해지는 것이 무조건 정답은 아닙니다. 결국 내 삶의 주체는 나 자신이어야 합니다. 당신을 아껴주세요. 찰나를 스치는 감정마저도요.

당신만 모릅니다. 당신은 당신이 생각하는 것보다 훨씬 더 대단한 사람이라는 것을.

쉬 어 가 기

그런 날이 있습니다. 괜스레 마음이 무척이나 아픈 날. 힘들다고 투정 부릴 만큼 어린 나이도 아닐뿐더러 그런 나약한 사람은 아니라는 일념으로 살아왔건만 이런 날에는 무척이나 허하기만 합니다. 처음엔 사랑이 결핍돼서 그런 줄 알았습니다. 그래서 타인에게서 사랑을 넘치도록 받길 원했습니다. 그러면 공허함이 사라질 거라 믿었으니까요. 그런데 아무리 남들에게 사랑을 받아도 그 쓰라린 마음이 좀처럼 낫지 않았습니다. 어디서부터 잘못된 걸까? 언제부터 이렇게 무너져버린 걸까? 이 질문의답을 사실 알고 있습니다. 나도 알고 있고 당신도 이미 알고 있습니다. 출처를 알 수 없는 공허함이 나를 묵직하게 짓누를 때쉽게 깨닫습니다. 바로 내가 나를 사랑하지 않기 때문입니다. 다르게 말한다면, 지금 내가 살아가고 있는 현재의 삶이 버겁기 때문입니다. 내가 지쳐 있기에 마음은 쉽게 고장 나버리고 우울함

은 끝도 없이 깊어지기만 합니다. 이런 악순환에서 벗어날 수 없습니다. 내가 그렇듯 이 글을 읽고 있는 당신도 그럴 수 있다고 생각합니다. 그렇다면 나를 사랑하는 방법이 무엇일까? 아직도 명확한 해답을 찾진 못했지만, 나는 그냥 푹 쉬는 방법을 택했습니다. 조금이라도 나를 예민하고 민감하게 만드는 것들을 멀리하려고 합니다. 예를 들어 휴대전화를 멀찌감치 치우고 잠자리를 일찍 들거나 스트레스 받는 일과 사람들을 생각하지 않기로. 지금 당장 해결해야 할 바쁜 것들에 치여 마음이 급한 상태에서 일의 성과를 저하시키는 것보단 충분히 휴식하고 난 후에 내 삶을 믿어보는 것이 한결 나을 듯합니다. 그러니 일단 하루만 아무 생각 없이 푹 쉬거나 푹 잘게요. 그게 좋을 것 같아요. 그래야만 할 것 같아요.

화창하길 바라요

　금방이라도 비가 쏟아질 것 같이 바람이 강하게 불고 하늘
도 어두컴컴한 날, 집을 나서는 길에 우산을 챙겼어요. 그런데
이게 웬일일까요. 한낮에는 해가 쨍쨍하더군요. 들고 있는 우산
이 짐이 된 탓에 괜히 갖고 나왔다며 투덜거렸습니다. 그 뒤로
우산은 가방에 넣어두고 까맣게 잊고 지냈지요. 그러던 어느 날
엔 해가 쨍쨍히 비추던 하늘에서 갑자기 비가 내리지 뭐예요. 비
를 조금이라도 덜 맞으려고 가방을 머리 위로 들어 올린 채 빠
르게 걸었어요. 그러다 가방 안에 있는 우산이 문득 생각났지요.
다행히도 그렇게 비를 피했어요. 그러고 보면 세상엔 쓸데없는
일은 없는 것 같습니다. 꼭 원하던 때가 아니더라도 다 귀하게
쓰일 곳이 있더라고요. 꼭 필요한 줄 알고 챙겼던 우산이 짐처
럼 느껴졌다가 불시에 만난 빗줄기에 다시없는 물건이 되는 것
처럼 말이죠. 우리 인생도 그러할까요. 회의감이 휘몰아치고 푸

넘과 한숨으로 점철된 시간들이, 결국 빛을 내기까지의 과정이라면 저는 겸허히 받아들이려 합니다. 여러분도 꼭 그렇게 생각해주세요. 비가 올 것 같아 우산을 챙겼는데 하늘이 맑게 개더라도, 그래도 웃으면서요.

아침 공기

동트기 전, 새벽이 스며드는 창가가 좋다.

시간에 따라 공기가 주는 여운이 다르다.

나는 유독 아침 공기가 품고 있는 냄새가 좋다.

창문을 활짝 열어젖히고 밤새 가라앉아 있던 방 안 공기를
내보낸다.

그리고 새로운 공기를 들이며 숨도 크게 한번 들이쉰다.

그렇게 오늘을 살아갈 힘을 얻는다.

삶에도 가끔은 환기가 필요하다.

누군가를 놓아줄 때,

힘듦을 내려놓을 때,

내 안에 남아 있는 여운을 말끔히 내보내고

다시 누군가를 맞아들일 때,

또다시 삶의 원동력을 채워갈 때

희망 서린 기운을 듬뿍 들여놓는다.

도 망

오늘은 유난히 더운 날이라며 집으로 돌아와 샤워한 후에 에어컨 냉기로 방 안을 가득 채워 더위를 식히고, 그리고 또 춥다며 이불을 덮고 난로를 쬐고 싶다.

나를 칭찬해주는 연습

나를 칭찬해주는 연습을 많이 해야지. 마냥 평범하지만은 않은 오늘 하루도 고생했다고 말해줘야지. 자기 전 시원한 맥주 한 잔하면서 내일도 행복하자고 다독여줘야지. 그렇게 나에게 집중해야지. 나를 조금 더 자세히 들여다보고, 나를 조금 더 세세히 예뻐해줘야지.

내가 가장 소중하다는 사실을 잊지 말아야지.

잘 지내십니까

요즘 어떻게 지내시는지요. 잘 지내십니까. 삶이 좀 나아지
셨습니까. 아니면 여전히 조금은 팍팍한 하루의 연속입니까. 끼
니는 거르지 않습니까. 입맛이 없어도 조금이라도 챙겨 드셨으
면 좋겠습니다. 친구들과는 자주 만나고 계십니까. 바쁘다는 이
유로 못 본 친구들을 그리워만 하고 있는 건 아닙니까. 가족에게
연락은 자주 하십니까. 자기 전에 전화 한번 드려야겠다고 생각
하면서도 막상 저녁이 되면 내일로 미루진 않습니까. 혹시 잊으
신 건 아닙니까. 당신 편인 사람들이 언제나 곁에 있습니다. 이
들에게 조금쯤 어리광도 부리며 자신을 내려놓는 건 어떠십니
까. 울고 싶습니까. 그럼 울면 되지 않습니까. 가사가 내 이야기
같은 노래를 들으며 펑펑 울어보는 건 어떠십니까. 삶의 재미가
그립다면 취미를 가져보는 건 어떠십니까. 볼링이나 등산 같이
즐거움을 주는 일을 찾아보는 건 어떠십니까. 그리고 잠시 그것

에 미쳐보는 건 어떠십니까. 확신이 없는 하루하루가 거듭되어 불안하십니까. 하지만 우리의 오늘은 젊기만 합니다. 조급해한 다고 달라지는 건 없습니다. 지금 잘하고 계시지 않습니까. 지금껏 살아온 대로 꿋꿋이 살아가면 됩니다. 그렇게 살아갑시다, 우리.

시 선

우리가 꿈을 대부분 이루지 못하는 이유는
주위를 바라보는 내 시선 때문이지 않을까?

어색한 서울

　　성인이 되어 독립하기 전까지만 해도 내게 서울은 굉장히 낯선 곳이었다. 서울은 신기하고 흥미진진할 거라는 생각에 개성이 넘치는 사람들이 다양한 모습으로 살아가리라는 환상까지 더해졌다. 연예인들이 많이 사는 곳, TV에서만 봤던 곳. 내게 서울은 동경의 도시였다.

　　그런데 막상 서울에 자리 잡고 살아보니 환상은 그저 환상일 뿐이었다. 서울이라는 곳도 나와 똑같은 사람들이 별다를 바 없이 살아가는 터전이었다. 그리고 몇 년을 살아본 후에 나는 이 도시를 다시 정의 내렸다. 서울은 빛 좋은 개살구 같은 도시였다. 바쁘게 움직이는 사람들, 24시간 꺼지지 않는 불빛, 넓은 도로를 가득 메운 자동차. 이런 화려한 겉모습에 비해 속은 몹시 깜깜하고 외로운 도시였다.

사람들과 어울려 소란스럽게 하루를 보내고 귀가할 때면 왠지 모르게 쓸쓸한 기분이 들었다. 새벽에 배달음식을 주문해 받아들면 외로움도 함께 받아 안는 듯했다. 바쁘게 발걸음을 옮기는 거리의 사람들을 보면 나만 홀로 제자리에 멈춰 있는 듯한 기분이었다.

　　그렇게 어색한 서울의 밤이 날마다 저물어갔다. 당신에게 서울은 어떤 곳일까. 이곳에서는 외로움이 필연이라면 부디 외로움을 달랠 수 있는 당신만의 방법을 찾아냈기를.

어색한 서울의 밤이 날마다 저물어갔다.
이곳에서는 외로움이 필연이라면
부디 외로움을 달랠 수 있는
당신만의 방법을 찾아냈기를.

마 음 가 짐

생각은 우리 삶에 절대적인 영향을 끼칩니다. 생각대로 흘러
가는 삶은 불가능하지만 그래도 건강한 생각을 하면서 삶을 꾸
려가도록 노력합시다.

사람마다 성공의 기준은 다르겠지요. 어떤 사람에게는 돈을
많이 버는 것이 성공일 수 있고, 또 다른 사람에겐 근심, 걱정 없
이 살아가는 게 성공일 수 있습니다. 어떤 성공이든 좋아요. 중
요한 것은 성공까지 가는 과정입니다. 저는 성공을 바라볼 때 이
렇게 생각합니다. '성공하겠지'가 아니고 '성공할 거야'라고. 스
스로를 향한 믿음과 확신으로 건강하게 하루를 살아간다면 성
공은 으레 따라온다고 생각합니다.

울 지 못 하 는 아 이

눈물을 흘린 지가 언젠지 기억이 잘 나지 않는다. 아무리 속상한 일이 생겨도 눈물이 도통 흐르지 않는다. 슬픔이 북받치면 내 안의 무언가가 나를 억누르는 기분이다. 마음이 고장 난 것 같다. 남들에게는 슬플 때 슬퍼하고, 울고 싶을 땐 울어야 마음의 병이 생기지 않는다고 말하면서 정작 나 자신은 그러지 못하고 있다. 슬플 때 실컷 슬퍼하고 울고 싶을 때 엉엉 울어버리면, 주체할 수 없는 감정이 터져 나올까 봐 겁이 나는 걸까. 삶을 버텨내야 한다는 부담감을 남들에게 드러내는 게 나약해보일까 봐 망설이는 걸까. 그것도 아니면 이제는 마음대로 슬퍼하지도, 울지도 못하는 나이가 된 걸까.

우리는 모두 울지 못하는 아이다.

같은 실수

　같은 실수를 반복하는 사람과 만난 적이 있습니까. 그 사람은 당신을 생각하는 마음이 부족한 사람이 아니었을까 싶습니다. 사람은 누구나 실수할 수 있습니다. 하지만 실수했을 때 '아차!' 하며 다음부턴 그러지 않겠다고 다짐하는 게 정상입니다. 사랑하는 연인에게 실수했다면 두말할 것도 없고요. 물론 아직은 사랑하니까, 미워하는 감정보다 사랑하는 마음이 더 크기에 속는 셈 치고 몇 번은 더 믿어볼 수는 있습니다. 하지만 그런데도 같은 실수를 반복하는 사람이라면 그 사람은 당신에 대한 배려가 없다고 봐도 됩니다. 반대로 같은 실수를 하긴 했지만 잘못을 인지하고 자신을 바꾸려 하는 사람은 당신을 소중하게 여기는 사람이겠지요. 반드시 기억해야 합니다. 실수를 대하는 태도에는 상대를 배려하는 마음이 드러난다는 사실을요.

인 생 의 속 도

어릴 때나 지금이나 행복하다고 느끼는 시간은 너무 빨리 지나가는 것 같아. 맞아, 야속하게도 행복한 순간은 왜 이리 빨리 지나갈까. 행복의 반대는 불행이라고 하더라. 그래, 불행한 일이 닥쳐오면 세상은 더디게, 마치 멈춘 것처럼 느릿느릿 흘러가는데 말이야. 우리 인생이 언제나 빨리 지나가기만 했으면 좋겠어. 행복한 일만 바란다는 말이야.

당신의 삶에도 좋은 것만 보고 좋은 일만 생기고, 행복에 겨워 시간이 가는 줄 모르는 순간들이 이어지길.

에 필 로 그

모든 것을 사랑하고 싶은 날이다.
당신의 머리칼, 당신의 호흡, 당신의 미소, 당신의 걸음걸이.
아니, 너를 설명할 수 있는 모든 말들을 사랑한다.

이토록 소중한 나의 당신에게
말해도, 말해도 모자란 사랑을 보낸다.

나는 당신이 아픈 게 싫습니다

초판 1쇄 발행	2020년 10월 19일
초판 8쇄 발행	2022년　2월 15일

지은이	지민석
그린이	오하이오

편집인	이기웅
책임편집	주소림
편집	안희주, 김혜영, 양수인, 한의진
디자인	MALLYBOOK 최윤선, 정효진, 민유리
책임마케팅	정재훈, 김서연, 김예진, 김지원, 박시온, 류지현, 문수민
마케팅	유인철
경영지원	김희애, 최선화
제작	제이오

펴낸이	유귀선
펴낸곳	㈜바이포엠
출판등록	제2020-000145호(2020년 6월 10일)
주소	서울시 강남구 테헤란로 332, 에이치제이타워 20층
이메일	odr@studioodr.com

ⓒ 지민석

ISBN	979-11-91043-05-1 (03810)